狐狸大人與殘存記憶

失憶少女

妖しいご縁がありまして

We have a Strange Connection

汐月詩

Uta Shiduki

目次

始 …… 004
壹 失去的記憶與失禮的白狐 …… 007
貳 夢想擁有名字的雙胞狛犬 …… 048
參 睡眠不足的烏天狗 …… 111
肆 忘卻約定的幽靈 …… 183
伍 想傳達的心意 …… 250
終 …… 325

始

「千萬不能放開手喔。」

祖母這麼說著，緊緊握住身旁八重子的手。八重子覺得莫名其妙，自己明明已經不是小小孩了啊。不只如此，右手還被捏得有點麻，忍不住皺了皺眉。

太陽早已下山，四下天色昏暗，只有偶爾出現的街燈微微照在通往目的地的一直線道路上。風吹過道路兩旁的田畝，吹得稻穗沙沙晃動，蓋過八重子和祖母腳下木屐的聲音。

這條路平常人煙稀少，既昏暗又蕭條。不過，今天可不一樣。八重子前方還有其他穿了浴衣的小孩，一邊談笑一邊往前走。大家的目的地，都是同一個地方。

眼前出現一條長長的石階，往上爬到底，就能抵達這個鄉下地方最大間的神社了。

高高掛起的燈籠只在舉行祭典時的夜晚點亮，發出閃爍的紅光，將這一帶照得彷彿異世界入口。就連略顯黯淡的灰色石階邊緣，看上去都像鑲了一條紅邊。

鳥居後方一定已經擺出各式各樣的攤位吧，攤販大叔活力十足的攬客吆喝聲都傳到這邊來了。

——只差幾步路……

八重子按捺住雀躍心情，慢慢拾級爬上通往鳥居的石階。步履小心翼翼，就怕踩到為這天新買的白底粉紅櫻花圖案浴衣下襬。

——到了！

大膽跳上最後一階，展現在眼前的景色超乎八重子想像。

一整排色彩繽紛的路邊攤帳篷。群聚在撈金魚攤位旁的孩子們。額頭上纏著扭轉過的毛巾，正豪邁炒麵的攤販大叔。烤玉米的焦香醬油味，伴隨溫暖的夏日晚風飄到鼻尖。輕快的砰砰聲則來自射擊遊戲攤位。

八重子興奮起來，拚命環顧四周這番熱鬧景象。

就在這時——

「小八！這邊這邊！」

某處傳來呼喚八重子的聲音，急忙朝聲音的方向望去，**小町**和**小昴**正從擁擠的人群裡探出頭，對著八重子招手。

——得趕快過去才行。

或許是怕讓朋友看見自己跟祖母牽著手的模樣，又或者是為只有自己遲到的事感到著急。總之，八重子抽出被祖母握緊的手，一個人向前跑。

「八重子……！」

背後傳來祖母的聲音，可惜為時太遲。

『千萬不能放開手喔，否則——』

邁開雙腿的八重子已通過鳥居，踏入神社境內一步了。

『否則，記憶會被神明拿走的——』

壹　失去的記憶與失禮的白狐

就在我高中入學大考的前不久，一個寒冷的夜晚，祖母過世了。

強風發出咻咻的聲音，吹得窗玻璃喀啦作響。廚房那頭，蒸氣裊裊升起。開著沒關的電視上，播報氣象的天氣姐姐正在進行關於今晚到明天會積雪還是不會積雪的冗長說明。那聲音和母親跟電話那頭討論葬儀的說話聲，輪番傳進托著下巴發呆的我耳中。

接獲聯絡時，我第一個冒出的念頭是「怎麼偏偏挑這種時候」。聽到這種話，任誰都會說我冷血吧。事實上，就連我自己都覺得這孫女未免太過分。但也沒辦法，這就是我最誠實的感想啊。

母親以肅穆的語氣說「知道了，我會轉達」後，輕輕放下話筒。只見她就那樣直挺挺地站在電話前好半晌，又突然轉身面向我說：

「小八，奶奶過世了……」

母親的眼淚大顆大顆滾落，自己都不覺得難為情嗎？過世的是六年沒見的對象，更何況奶奶和她沒有血緣關係，她怎麼能哭成這樣。

——嗯，我知道啊。聽妳講電話的內容就大概知道了吧。

我原本想這麼說，最後還是放棄。因為，總覺得一旦說出這種話，我就真的成為了冷血動物。

「小八，妳很難受吧，很傷心吧……畢竟妳以前那麼愛奶奶……」

母親輕輕抱住我，直接放聲大哭起來。我拍拍母親的背，強忍嘆氣的衝動。

『妳以前那麼愛奶奶……』

——**似乎**是這麼回事。

之所以這麼說，是因為我幾乎毫無和祖母一起玩過的記憶。說得更正確一點，從七歲到十歲三個月之間的記憶，全都從我腦中消失了。

那是我七歲時的事。母親生了病，必須長期住院，父親又得工作，無法照顧我。就在這時，祖母主動表示「來我這住就好了」。

當時祖母也已經不年輕，父母認為她一個人難以照顧小孩，曾經一度拒絕祖母的提議。只是，聽說祖母以「鄉下地方嘛，附近鄰居都會幫忙，沒問題的」為由，半強迫地帶走了我。

於是，從那時起，一直到小學中年級，我都和祖母一起生活在鄉下老家。

不可思議的是，即使住了那麼長一段時間，說到生活在鄉下老家時的事，我記得的只有那個夏日祭典的夜晚。

那年夏天，母親出院的日子確定後，準備回家的我，吵著想在最後去參加一次夏日祭典。祖母答應了，但條件是「奶奶和妳一起去」。

我記得一起逛祭典廟會的朋友，也記得第一次吃到的蘋果糖葫蘆，還有因為吃了太多東西鬧肚疼的事。然而，每當試圖回想那場夏日祭典前的生活，腦中總是一片模糊，無法清楚想起任何事。

至今一直認為「兒時記憶不就這麼回事嗎」，對此沒深入思考太多。只因母親實在太常說我「小時候最愛奶奶」，害我最近開始有點在意起這件事。

「……對不起，得趕快來準備晚餐了。」

母親吸著鼻子走向廚房。

我再次回到桌前托腮，腦中有一搭沒一搭地想著葬禮不知道會是什麼樣。

葬禮結束後，一定會恢復一如往常的生活吧。一樣擠著沙丁魚罐頭電車去上學，一樣和朋友講著無聊笑話鬧成一團，一樣在補習班用功到很晚才回家睡覺。就是如此平凡的生活。

所以，我做夢也想不到，那天父親下班回來後，竟會說出那樣的話。

「欸？你剛說什麼？」

還以為自己聽錯了。無視驚訝得說不出其他話的我，父親一臉得意地說：

「爸爸剛才說，我把工作辭掉了。」

今年將滿五十的父親嘻皮笑臉的表情，讓我打從心底感到噁心。不只如此，哪有人在自己母親過世這天辭職的啊？

「咦……怎麼這麼突然？我們家要餓死了嗎？」

我即將上高中，還有很多想做的事耶，這下該怎麼辦？

「也不算突然喔，八重子。」

父親忽然一臉悲傷地低垂視線，露出和剛才完全不一樣的表情。

「不久前，奶奶就被說時日無多了。以現代人而言，她這個年紀離開稱不上長壽，可是失智症狀實在惡化得太快……」

聽他這麼一說，我也想起夏天時，父親和母親確實談過這件事。好像是說，打從我搬離老家後，祖母突然變得健忘，到最後連日常生活也難以維持，只好住進安養設施。沒記錯的話，當時他們是這麼說的。

「所以啊，爸爸早就打定主意，奶奶過世之後就要搬回鄉下，守護老家的房子。這件事也已經跟公司說好了。」

我愈聽愈覺得苗頭不對。

「回鄉下……應該只有爸爸你一個人回去，對吧？」

拜託，千萬要說「對」！我打從心底如此祈求。因為，我就要考高中了啊。那所高中可愛的制服，上高中後交到新的朋友，放學後打扮得漂漂亮亮，交個帥氣男友……腦中早已描繪出理想的高中生活。現在才要我在鄉下地方度過寶貴的高中時代，開什麼玩笑。

然而，也不知父親是否明白我的心情，只見他和母親互看一眼之後，點了點頭：

「雖說要辭職，但也不可能馬上。公司要我最少多留半年時間，做好工作上的交接。」

——這樣的話！

我彷彿看見希望之光。

這樣的話，就和父親一起留下來住半年……不、真要說的話，完全沒必要現在馬上辭職吧。等我高中畢業再辭也可以啊。到那時候，只要爸和媽兩人搬回鄉下，我自己在這邊一個人生活就好。正當我想開口這麼說的時候——

「……所以啊，這半年媽媽和八重子先搬過去吧。八重子也不想高中讀一半轉學吧？」

父親無情地這麼說。

「媽、媽媽呢？妳能接受嗎？」

著急的我，轉而向母親求助。母親是在大都市出生長大的標準城市小孩，到現在連看到一隻小蟲子都會大呼小叫。要她去住鄉下，她絕對不願意的吧。

沒想到，母親回答得出乎意料乾脆。

「我沒問題喔～妳爸跟我提這件事時，我就下定決心要尊重他的意願了。」

「哪……哪有這樣的……」

「還有啊，小八，講是講鄉下，其實是金澤那邊嘛。」

「咦……金澤？」

「對啊，妳在那邊住過那麼久，怎麼都忘光啦？」

金澤——

這詞彙令我瞬間心動。石板路茶屋街、品味出眾的美術館、兼六園的夜間點燈、光看就知道美味的海鮮丼……那確實是個只要拿起導覽書，就會心生「想去一次看看」念頭的地方。不、可是，旅行跟移居是兩回事，若問是否有辦法一直住在那，我可能沒這自信。

「好嘛，八重子！能和以前的朋友見面，妳也會很開心吧？」

父親和母親用閃閃發光的眼神看著我。

看來，在他們心中，「一家三口移居鄉下老家」已經是既定事實。當了他們這麼多年的女兒，我很清楚現在要推翻這個決定有多困難。

不知是否把我的沉默解釋為「Yes」，父親和母親就這麼討論起搬家日期。

——於是，我嚮往的高中生活彷彿一場虛幻的夢，就此幻滅。

＊＊＊

和煦陽光溫柔落在肌膚，帶來一陣暖意。天氣和暖，一不小心就會睡著。春天來了。

沒錯，春天。全日本的十五歲或十六歲青少年，一定都對即將展開的高中生活滿懷期待。原本我也該是其中一個才對，偏偏……

「這裡什麼都沒有！」

後座的我，情不自禁大叫起來。

離開住慣了的城市不過幾小時，車窗外流過的已是一望無際的田地與後方連綿不斷的青山。偶爾雖也冒出幾間老舊民宅，不多久又恢復整片茶綠相映的景色。

「噯，你們不是說要搬去『金澤』嗎？怎麼都沒看到金澤車站前知名的鼓門、近江町市場和茶屋街？」

我質問坐在副駕駛座的母親，她回頭卻說：

「哎呀，我說的是『金澤那邊』啊。」

「等……等一下……那這裡是……」

「能登啦、能登。小八妳真的什麼都不記得了？像這樣受到大自然的環繞，不覺得很舒適嗎？能登是個好地方唷，有能登牛這麼好吃的牛肉，也能以便宜價格吃到美味的海鮮丼，對吧？不只吃的東西，輪島早市熱鬧有趣，能登島還有水族館，小八一定會愛上這裡的啦。」

——能……能登？

環顧左右，當然看不到任何時髦咖啡廳、電動遊樂場或流行服飾百貨公司。眼前這片景色是毋庸置疑的「鄉下地方」，我真的能在這種什麼都沒有的地方生活下去嗎？

「爸，可是這裡什麼都沒有耶？」

這次，我點名手握方向盤的父親。

「哈哈，再過去一點就會看到熱鬧的地方了啦。這一帶有商店街，最近還蓋了新的購物中心呢！」

父親這麼回答，視線依然直視前方。他說話的語氣有點嘶啞，一定是因為回到久違故鄉，內心太過激動，根本無暇顧及我的感受了吧。

「對啊小八，妳看！前面有條美麗的小河，我從來沒看過這種景色呢！」

母親很是雀躍，整個人像搭了時光機回到少女時代般天真爛漫。

——嗯，是有條美麗的小河沒錯啦，但我想說的不是這個問題……

心知從他們兩人身上得不到我想要的答案，只好默不吭聲，朝目的地前進。

打開車窗，閉上眼睛，泥土與植物的氣味濃烈，嗆得我差點喘不過氣。

約莫經過三十分鐘，父親「看，到了喔！」的聲音將我拉回現實。赫然望向車外，眼前是一棟石牆環繞的典型日式宅邸。雖不知道有多少年歷史，外觀不見明顯老舊、腐朽或損傷。漆黑的屋瓦層層疊疊，令人聯想到龍鱗。宅邸兩旁種了高大的松樹，整體散發一股宛如古蹟的莊嚴氛圍。

「嗳，奶奶很有錢嗎？」

砰的一聲關上車門，我將內心感想脫口而出。聽我這麼一說，父親「哈哈」笑起來。

「這附近土地便宜，這種程度的房子很普通喔。」

說著，丟下打量宅邸的我，父親快步走入屋內。

話說回來——

仔細打量了宅邸一番，我發出苦笑。話說回來，我對這棟房子還是一點印象都沒有。或許……不、我絕對不認識這個地方。即使當年還只是個小學生，畢竟在這個家住了三年，一般人都該留有記憶才對吧，為什麼我一點也不記得了呢？

「八重子～！趕快進來～！」

聽見父親這麼喊我，儘管感到侷促不安，仍然戰戰兢兢踏上石板小徑。一手抓著陌生的日式拉門，朝旁邊拉開，拉門喀啦作響。

「哎呀，太懷念了。」

父親喜孜孜地到處走來走去。屋內比我想像的整潔許多，雖然多少感到陳舊，住起來應該沒有什麼不方便。連接玄關的走廊筆直延伸，看上去挺壯觀的，缺點是踩上去後才發現，好些地方會發出嘎嘎吱吱的聲音。鋪了榻榻米的寬敞起居室令人感受到傳統日本之美，還不錯。最重要的是，每次深呼吸，藺草的香氣就會充滿整個胸腔，聞起來非常舒服。

「小八，幫忙搬點輕的行李好嗎？」

母親從紙門後探頭這麼說。定睛一看，她手上抱著以她的體型來說顯然太大的紙箱。

「媽，妳這樣不要緊嗎？大東西給爸爸搬就好了嘛。」

「小八，暫時別打擾妳爸。」

母親在我耳邊輕聲這麼說。不明就裡的我朝父親瞥一眼，望著窗外的他肩膀正微微顫動。

也難怪他了。這裡是父親和祖母從前一起生活過的家。儘管祖母過世至今，父親一直表現得很堅強，或許一回到這個充滿回憶的場所，還是湧上了某些情緒吧。

我想像起父親和祖母住在這裡時的模樣。榻榻米上有一處微微凹陷，應該是祖母經常坐的位置。

大大小小紙箱加起來共有六個。這次只先搬來我和母親生活所需最低限度的物品，所以算少的了。把這些箱子全搬完後，母親遞了冰涼的汽水給我。

「辛苦妳啦！這是事先放在保冰桶裡的汽水，還很冰喔。」

轉開寶特瓶蓋，發出暢快的噗咻聲。我喝下一口汽水，小小的氣泡在喉嚨深處迸散。差點想學爸爸每次喝啤酒時那樣嚷著「辛苦工作後就是要喝這個啦」。

「這裡真的是個很棒的地方，對吧，小八？」

我和媽媽一起坐在起居室的榻榻米上，打算休息一下。至於爸爸，說要去跟好久不見的兒時玩伴碰面，才下午三點就早早出門參加聚餐了。

「我可是放棄那所高中搬來這裡的耶，要是這地方不棒，那就傷腦筋了。」

我故作誇張地嘆口氣，直接往桌上一趴。現在朋友們一定都穿上那身可愛的制服，聚集在時髦咖啡店裡吧……原本我也該過著那種生活的。

「媽媽很感謝奶奶。」

母親感慨地這麼低喃。這話說得太突然，我狐疑地望向她，姑且問了聲「為何？」

「因為她是那麼疼愛小八妳啊。託奶奶的福，小八才能成為一個溫柔的好孩子。」

說著，母親目光望向遠方。大概想起了祖母。

我不知道祖母在這裡生活時的情形，也不知道她是怎麼照顧我的。完全想不起來。無法與父母擁有相同回憶，這件事令我感到些許落寞。

母親又說「先別講這個了」，從口袋裡拿出一張折得小小的紙，放在桌上小心翼翼攤開。原來是這個城鎮的地圖。

「這個給妳，去附近逛逛吧。」

「咦……可是還要把東西拿出來放好……」

「沒關係啦，沒關係。東西又不多，我一個人就行了。再說，小八明天不是要上學了嗎，萬一迷路，上學遲到就慘了吧？」

這倒是沒錯。我還來不及開口說什麼，母親已經拿來我的包包，把喝到一半的汽水裝進去。

「就這樣！要在天黑前回來喔。」

母親微微一笑，不由分說地把包包塞給我。

既然如此，我也只能去了。接過包包，站起來小聲說「那我出門嘍」。

身上穿的是帽T、牛仔褲和布鞋。原本想說今天的任務只有搬行李，所以穿得比較隨便。不過，反正這裡是鄉下，打扮得太漂亮反而格格不入。我已經開始懷念以前那個就算只是出門一下，也要精心打扮的自己了。

先前坐在汽車裡沒感覺，現在才發現戶外吹著春天特有的溼暖東風。風不停吹進帽T下襬，把衣服吹鼓起來，害我有點心浮氣躁。寶貴的地圖也被風吹得啪啪飄動，沒法好好看仔細。

勉強掃了一遍從家裡到學校的路，自然而然脫口而出「什麼嘛」。什麼嘛，只有直直的一條路，一點也不複雜。

「怎麼可能迷路……」

那麼，接下來該怎麼辦呢？風雖然大，天氣倒是很好。現在就轉頭回家也不是辦法，既然都出來了，不如好好走走看看吧。說不定還能藉此回想起過去在這裡的生活。

明明幾乎沒看到車輛，縣道卻寬敞得沒有道理。只有搖搖晃晃騎腳踏車的老人家，慢慢從我身邊騎過去。除此之外，路上也沒其他人，筆直向前延續的道路兩側，全是一望無際的田地。以前總以為鄉下地方比都市安靜，其實沒這回事。即使聽不到人說話的聲音，但能聽見不知名的鳥叫、流經田地旁的小河潺潺，還有風吹動草木發出的窸窣聲。真要說的話，總覺得還比在都市更能聽到各式各樣的聲音。

正當我走在如此**閑靜**的田間道路時——

「……咦？那個該不會是……」

驀然停下腳步，前方出現搬來之後第一個**記得**的景色。一道長長的灰色石階，上方是紅色鳥居。絕對沒錯，就是那時舉行夏日祭典的神社。

才剛冒出這個念頭，我的雙腿已下意識向前直奔。

上次這樣奔跑是什麼時候的事了？為了準備升學考，我好久沒運動。跑到石階下方後，氣喘吁吁地抬頭仰望鳥居。

「果然沒錯……我知道這裡。」

唯一與兒時記憶不同的，就是神社大小了吧。曾經以為很大的神社，沒想到只是小小一間。

不過太好了，終於有認識的地方。雖然也不是真的想起什麼，至少拂拭了一些搬來這個城鎮後那股揮之不去的忐忑不安。

我在第一階上坐下，抬起頭。看到雲縫間露出蔚藍的天空，剛才奮力奔跑的疲憊都被趕跑了。這麼說來，住在城裡時很少抬頭看天空呢……正當我不經意地想著這些時——

——咕嗚。

突然聽見聲響。

——咕嗚嗚。

是我的肚子在叫嗎？不、可是我又不餓。保險起見，還是用手摸了摸肚子，確定不是那裡發出的聲音。

——咕嗚！

不對，這是動物的叫聲！好不容易發現這點，附近卻沒看見動物的身影。

——咕嗚嗚嗚嗚！

「等等、等等啊，我現在馬上找！」

那莫名帶著怒氣的叫聲聽得我心急，死命左顧右盼搜索。順著聲音傳來的方向，戰戰兢兢撥開石階旁的茂密草叢走進去……找到了。

一隻有著蓬鬆雪白毛皮，看起來像狗的動物，被那裡的捕獸夾困住了。這隻小型犬有著類似日本犬的英姿煥發長相，但是我沒看過的犬種，大概是混種狗吧。

「狗狗，你還好嗎？」

聽見我的聲音，小狗耳朵動了動，隨即開心地朝我搖尾巴。

「等一下唷，我現在就來救你。」

第一次見到這種捕獸陷阱。生鏽的鐵鋏鉗住小狗的腿，想像著那該有多痛，我整張臉都皺了起來。

「嗚哇……很痛吧。」

一邊伸出手，內心一邊暗自擔心小狗會不會咬我。輕輕碰了碰捕獸夾，不用說也知道，這東西當然製造得相當堅固。嘗試左右挪動了幾分鐘後，聽見喀啦一聲，小狗的腿從陷阱中獲得解脫。瞬間，那隻狗撲到我懷裡，舔起了我的臉。

「哇！哇！」

我得拚命撐住才不會整個人往後跌。雖然衣服被泥土弄髒了，看到小狗這麼開心，也覺得一切努力都值得。話說回來——

「你不是流浪狗嗎？怎麼毛這麼柔順啊。」

撫摸小狗耳後，牠好像很舒服似的閉上眼睛。一身白毛彷彿仔細梳過一般整齊又乾淨。還有那優雅修長的腿……

「啊！狗狗，你流血了！」

就在剛才被捕獸夾鉗住的部位，腿上的白毛染上鮮血變紅。不只如此，流血的範圍還在繼續擴大。要是放著不管，傷口可能會惡化。

得做點什麼才行，我這麼思考，伸手往口袋裡翻找，挖出一條皺巴巴的手帕。心想沒魚蝦也好，就把手帕纏繞在小狗腿上，最後打一個歪七扭八的蝴蝶結。

這也算是熱心助人吧……不、是助狗才對。這種體驗，或許也只有在鄉下才能遇上了。望向追著腳上蝴蝶結團團轉的小狗，我有些感慨。

小狗在同個地方繞了幾圈後，忽然停下腳步，抽動幾下豎起的小耳朵。接著，牠快速跑過我腳邊，一陣風似的衝上神社石階，速度快得彷彿沒有受傷。

「怎、怎麼回事啊……」

牠是住在這間神社裡的狗嗎？目光追隨小狗的身影，但很快就看不見了。想必那隻狗應該從鳥居底下鑽了過去，而那座鳥居不知為何，似乎比剛才看到時更顯莊嚴凜然。

——不過，應該是我自己的錯覺啦。鳥居看起來閃閃發光，一定是因為反射了陽光的關係。

視線再度朝天空轉移。就在這時，從與我走來時相反方向……換句話說，就是從我明天要去上的高中那個方向，傳來談笑的聲音。

「不會吧，真的嗎——？」

「下次去看看啊。」

看似聊得很起勁的，是一男一女的二人組。女生頭髮染成近乎金色的淺褐色，制服裙子短得幾乎露出內褲。這副和鄉下城鎮完全不搭軋的打扮，教人難以從她身上轉移視線。

我情不自禁盯著她看，居然就這樣和那褐髮女生四目相接了。這下糟糕……會不會被對方以為我在挑釁啊。急忙想轉移視線，可惜為時已太遲。那個女生逕直朝我走來。

怎麼辦！我可不想剛搬來就被視為眼中釘。遇到這種情形時，該怎麼裝沒事才好呢？假裝沒看見對方，趕快當場離開比較好，還是對自己盯著人家看的事道歉比較好？就在我手忙腳亂之間，她已經來到眼前。我得出的結論是——

「對不起！」

「這不是小八嗎？」

就在我道歉的同時，她喊了我的名字。

——她剛才說的是「小八」？

叫我「小八」的人並不多。因為有段時間，我莫名認為直接稱名字聽起來比較成熟，便要求身邊的人叫我「八重子」。所以，會叫我「小八」的，只有住城裡時的鄰居，以及從以前就認識的朋友。這麼說來，難道她是……

就在我思考停止之際，那個女生先開了口。

「妳是小八吧？一點都沒變啊！啊、妳該不會認不出我是誰？」

褐髮女生歪了歪頭，湊上來端詳我的臉。我困惑的表情，映在那雙塗滿大量睫毛膏的雙眼之中，覺得自己簡直就像一隻被猛獸盯上的獵物。

我什麼時候交過打扮這麼浮誇的朋友啊？更別說以前的朋友幾乎都想不起來了。不甘示弱地盯著對方看，才發現那雙眼角下垂的眼睛下方長了淚痣。總覺得好像在哪見過，會是誰呢……

「真是的！那這樣呢？」

她用雙手撩起瀏海，像綁沖天辮一樣抓成一把。看到這一幕，我腦中立刻浮現那個夏日祭典上的少女……

聽到我這麼一說，那個女生高興得綻放笑容。

「難道妳是……小町？」

「沒錯啦！小八，好久不見！」

「小町」全名堺小町，是我在這個鎮上交到的好朋友之一。話是這麼說，我所記得的，也只有一起去夏日祭典那天的事而已。

但是話又說回來，這六年間，她身上到底發生了什麼事？我認識的「小町」是個常被誤認為男生的淘氣女孩，可不是會用這種軟綿綿娃娃音說話的人。再者，她說的標準腔，音調也有些許生硬。

「好、好久不見。」

「真是的！不用這麼見外啦！妳來玩嗎？」

「不是的。其實，我今天剛搬來……」

我話都還沒說完，小町就發出「太棒了」的歡呼，一把摟住我的手臂。怎麼搞的，今天不是被狗撲就是被人抱。

「小町……她搬回來大概跟圓技奶奶過世的事有關……妳不要太興奮比較好。」

男生從小町背後探出頭來。他有一頭連身為女生的我看了都嫉妒的柔順秀髮，剪成齊耳的長度。這毫無設計感可言的髮型，加上不是太高的身高，讓他看起來顯得相當稚嫩。

男生一和我對上視線就羞紅了耳朵，輕聲說「小、小八……好、好久不見」。一旁的小町瞥了他一眼，用力拍他的背說「咬字清楚一點啦！」隨著「啪」的拍打聲，男生五官都扭曲起來，嘴裡嚷著「很痛耶」。

既然和小町在一起，就表示──

「你該不會是……昴？」

「妳、妳記得我啊……太好了。」

我想起那年夏日祭典上，緊跟在小町身後的小男生。沒記錯的話，他的名字應該叫涼森昴。以前一直以為他比我們小，原來同齡啊。

「那、那個……圓技奶奶的事……我很遺憾。」

昴吞吞吐吐地說。

「就是啊！圓技奶奶的事！她一直很疼我，真的教人太難過了。」

小町也隨之附和。

他們口中的「圓技奶奶」就是我的祖母，全名圓技君江。不過，鎮上的人好像大都親暱地喊她「圓技奶奶」。

我只能發出「喔」或「嗯」之類的聲音含混回應昴說的話。

大家愛戴的「圓技奶奶」過世了。身為「圓技奶奶」的親孫女，小時候又似乎備受奶奶疼愛的我，理所當然一定很難過。

可是，我做不出大家預期的反應。而這令我感到有些愧疚。

「不過，能像這樣再次跟你們兩人見面，我很高興喔。」

勉強這麼回答，小町和昴都露出鬆了一口氣的微笑。

「妳什麼時候會來學校？」

「明天就開始上學了喔。因為搬家日期得配合我爸的休假日，所以沒趕上開學典禮。我有點擔心，怕交不到朋友……」

「沒問題的啦。同學幾乎和小學時沒什麼兩樣，大家都是熟面孔，小八一定馬上就適應了。」

小町這麼說，昴也用力點頭表示贊同。「同學幾乎和小學時沒兩樣」，對現在的我來說，這點才是最頭痛的事。但又不可能把這話說出口。

「……啊、對了，我今天得早點回家才行。」

遠方傳來敲鐘的聲音。一聽到那聲音，昴就著急起來，重新揹好後背包。「明天見喔！」這麼說著，對我們揮了揮手，一個跨步踏進神社。難道……？

「昴，這裡是你家喔？」

「嗯？對呀。」

昴回過頭，表情像是在說「怎麼了嗎？」我想起剛才那隻狗。

「剛才，我在那邊的草叢裡發現一隻被捕獸夾困住的小狗。」

「妳救了牠嗎？」

「嗯。結果啊，那隻狗後來跑進神社了……我還以為是神社養的狗。」

昴驚訝地說：

「不是欸，這裡沒有養狗。應該是流浪狗吧？」

什麼啊，結果還真的是流浪狗。如果是神社飼養的，我原本打算告知小狗受傷的事，看來也沒這必要了。

「這樣啊，那沒事了。」

我對昴這麼說時，忽然感到旁邊有人緊盯我。偷瞄一眼，正好對上盯著我看的小町視線。

「小八真善良。」

「咦？怎麼突然這麼說？」

「因為妳為了救那隻狗，連草叢都不惜進去了吧？」

「欸──？這很普通啊，很普通吧？」

沒錯，這很普通。真要說的話，在那種狀況下誰能選擇不幫狗呢。可是，無論我怎麼否認，小町都不接受，只是一味地讚美我「很善良」。

「小八啊……」

就在我和小町爭持不下時，昴在一旁慢半拍地開了口。或許因為兩個女生的視線同時集中到他身上的緣故，明明是自己先開的口，昴又猛然害羞起來，扭扭捏捏地交錯雙手。

「什麼事啊？昴。」

「啊、就是……那個……只是想說，小八從以前就很善良，這點我也很清楚……」

說完，昴難為情地嘿嘿一笑。聽到他這麼說，小町雙眼發亮，嚷著「是不是！」

──「從以前就很善良」……是嗎？

昴這句話使我內心一陣刺痛。既然兩人都這麼堅持，就表示當年我們交情肯定匪淺。然而，我卻什麼都想不起來。

什麼都──

三人解散後，我繼續坐在神社石階最下層，獨自眺望天空。夕陽染紅的天上，飄浮著棉花糖般的雲朵。眼睛追著其中一朵雲跑，雙手不知不覺握緊了拳。

為什麼會忘記呢……真想回憶起來。這個城鎮的事、朋友們的事……還有，奶奶的事。

＊＊＊

媽媽說「第一天很重要！」給我做了好大一盒便當，說是可以帶去跟朋友分著吃。爸爸拍了拍我的背說「要交很多朋友喔！」說完就回城裡去了。擔心同學不願意接受我這個比開學典禮晚一星期入學的轉學生，我昨晚緊張得差點睡不著。沒想到，這天一眨眼就過完了。

先說結論，我在學校過得超開心。

除了和小町、昴同班之外，原先我最擔心其他同學面對我的態度，不料大家的反應頂多就是「啊？小八？對喔，好像有過這麼一個同學」，先前的煩惱可說都成了杞人憂天。就算聊到小時候的事，小町也會在旁一一幫忙解圍，一點問題都沒有。

因此，放學後，我踩著輕快的腳步踏上回家的路。不巧的是，小町和昴都要參加社團活動（令我意外的是，小町隸屬家政社，更沒想到的是，昴居然加入了籃球隊），我只好一個人回家。

「社團活動啊……」

揹著第一天上學難免沉重的後背包，忍不住脫口嘟噥。我是不是也該加入哪個社團才好呢？

準備回家的時候，昴不經意問我「要不要加入籃球隊？小八應該也會覺得很有趣喔……」。當時我不假思索反問「為何？」他囁囁嚅嚅，好像想說什麼。雖然那言外有意的說話方式頗令人在意，但總覺得我不可能會打籃球，就拒絕了這個提議。話雖如此，我更不擅長烹飪，所以也沒興趣和小町一起參加家政社。

其實，一開始我並不想參加社團，看到大家熱衷社團的狀態，反倒嚇了一跳。不過，要是繼續這樣下去，「獨自回家」將變成理所當然的事，好像又有點孤單寂寞。

一邊左思右想，一邊走進學校旁邊的商店街。以這種鄉下地方的商店街來說，這裡還算熱鬧，真不知道擠在裡面購物的人潮到底是從哪冒出來的。商店街裡有蔬果行、傳統零食雜貨店，還有服飾店和魚鋪。肉鋪裡炸肉餅的香氣四溢。下次或許可以跟小町他們來逛逛。

穿過商店街，接下來只要沿著田畝間的直線道路走，就能回到家了。上學途中曾看見路邊擺著小小的長椅，原本不知用途，百思不得其解，原來是公車站啊。此時公車就停在那邊，一位老人家正從車上下來。

側耳傾聽，聽見悅耳的鳥囀。陽光照耀下，小河粼粼發光。這些都是在都市裡體會不到的經驗，帶來一股難以言喻的心曠神怡。或許，這就是所謂的「負離子」吧。

「鄉下生活，好像比想像中的還不賴呢。」

就在從神社前方經過時，我如此自言自語。當然，也不可能有人回應我。

「那真是太好了。」

沒錯，不可能發生這種事，然而，我卻聽見回應了。而且，還是個我從沒聽過的陌生男人的聲音。

萬一，就算他真的是在跟我說話，恐怕也是個相當危險的人物吧。畢竟，向素不相識的高中女生開口搭訕這種事，一個不小心可是有可能被警察抓走的啊。我原先悠哉的心情急轉直下，全身因恐懼而瞬間發涼。

「…………」

下定決心視若無睹，這麼做對彼此都好。我打定主意，假裝沒聽見他說的話，快步就想通過神社旁邊。然而——

「妳遺失了很有趣的東西呢。」

——咦，他剛才說什麼？

忍不住朝聲音的方向轉頭。那一瞬間，一陣強風刮過身旁。種在石階上方的櫻花樹，被這陣風吹落了花瓣，裊裊飛舞半空中。就在那些花瓣之間，我看見一個身穿和服的青年，面露神祕笑容坐在石階上。

青年用那雙眼尾細長，目光清澈的眼瞳凝視我。一頭如雪的全白頭髮，在腦後紮成了一把馬尾，與粉紅櫻花相映對比，白髮顯得更美了。我情不自禁倒抽一口氣。

「怎麼，妳不認得我啊？」

聽到這句話，我才赫然回神。怎麼可能認得，就算沒失去記憶，我也不可能認識這種滿頭白髮、身穿和服的人吧。

「你、你、你是怎樣，突然講這種話，我才沒有遺、遺失什麼東西……！」

我的聲音在顫抖。青年像看到什麼好笑的事，一邊嗤笑一邊慢慢一階一階走下來。就距離而言，如果想逃的話，我還來得及馬上拔腿就跑。只是不知怎地，兩條腿像被吸在地面上，動彈不得。青年優雅邁開腳步，我只能盯著他那看似高貴的淺紫色和服衣袖微微搖擺，就在不知不覺中，他已近在眼前。

「遺失的東西，就是妳的**這裡**。」

青年用指尖輕輕敲了兩下自己的頭。

「請問……什麼意思……」

說到這裡我才察覺，他該不會知道我**失去記憶**的事吧——可是，根本不可能啊，這個祕密我沒有對任何人說過。

「你是誰？」

「妳果然不認得我啊。」

青年緩緩拉高和服下襬，露出白皙的腿，上面纏著一條熟悉的手帕。

「這手帕是……」

那是我的手帕。可是，當時應該綁在那隻小狗腿上了才對。這樣的話，這個青年到底是什麼人……？

「請、請問……你該不會是那隻小狗的飼主吧？」

想來想去，只有這個可能了。不料，青年肩膀一震，低聲吼道：

「妳居然看成了狗？」

「欸……？」

面對突然不高興的青年，不明就裡的我慌張失措。說狗是狗有什麼不對嗎，像他這樣突然出現又對毫無關係的人發怒，才叫做不講道理吧。

看我什麼也不說，青年先是低聲嘟噥「算了」，接著又咧嘴一笑。

「我乃鈴之守護神緣門下的二紫名，上次承蒙妳相救。我問妳，妳想拿回記憶嗎？」

鈴之守護神緣門下……這是什麼咒語嗎？

不、不是這個問題。青年說「妳想拿回記憶嗎」。**拿回記憶**？不是**恢復記憶**？那種事怎麼可能辦到？再說——

「我不記得自己救過你。」

我說得斬釘截鐵，青年歪了歪頭說「哎呀」。

「妳還不明白嗎……喔、原來是這樣啊。」

青年低聲自言自語了一會兒，忽然把雙手放在胸前合掌。我還來不及問「你要做什麼」，青年頭頂和腰部附近就忽然長出了某種東西。

這、這是——

「耳、耳耳耳耳朵！尾、尾尾尾尾巴！」

這是現實世界不可能看見的模樣。青年身上長有豎起的獸耳，與白色蓬鬆的尾巴。

「這樣該明白了吧？我就是那時妳救的白狐。」

白狐？啊！原來那不是小狗，是狐狸嗎？不、不是這個問題。問題是，這個人不是人類嗎？難道——

我驚訝眨眼，青年噗哧一笑。

「因為那時我已經虛弱到無法維持人形了嘛。被妳看見野獸的姿態，是我的失誤。」

「你、你真的是那時的小狗……？」

「笨蛋！都跟你說我是白狐了！」

青年先是這麼大吼，又刻意咳了幾聲。

「比起那個……我是真的很感謝妳救了我。所以——」

他忽然逼近，把我嚇了一大跳。那白皙通透如瓷器的肌膚，確實不太像人類。

「為了表達謝意，我可以把失去的記憶還給妳。」

記憶——關於這個小鎮、我的朋友，以及祖母的記憶。要是可以的話，我當然也想回憶起來。可是，這時，一個疑問掠過腦海。

「還我……你的意思是，我的記憶在你手裡嗎？」

哪可能有這麼扯的事，我皺眉注視青年。

「不、正確來說，是在這裡的神明——緣大人手裡。」

青年轉頭望向神社說。

「神明……怎麼回事……」

神社……這麼說起來，我失去的記憶，僅限於當年搬來這座小鎮後，到夏日祭典那天前的三年份。換句話說，是夏日祭典那天發生了什麼事嗎——？

不知是否從表情讀出了我的心聲，青年看似高興地微笑起來。當他一笑，眼睛就瞇得像弦月，確實是一對狐狸眼。

「那年夏日祭典時，妳來過這裡吧？和誰一起來的？」

「欸……？奶奶……」

「那時，妳祖母有沒有跟妳說什麼？」

說了什麼……我回溯夏日祭典那天的事。浮現腦海的，有祖母緊握住我的手、臉上嚴肅的表情，以及——

「……千萬不能放開手喔……」

對於青年拋出的問題，我的回答應該大致沒錯。只見他心滿意足點頭，開始說明：

「這間鈴之守神社祀奉的神明緣大人個性有點古怪，特別喜歡小孩子閃閃發光的記憶。每年夏日祭典夜晚，要是有小孩**獨自穿越鳥居**，神明就會偷走他們的記憶。」

「偷走……記憶……」

「沒錯。不過，也不是所有人的都偷。只限不住這個城鎮的人……也就是說，只偷外來者的記憶。妳原本不是這裡的人吧？」

我點點頭。

「那天妳不聽祖母忠告，擅自放開手。所以，妳遺失的記憶，現在就在緣大人手上。」

「怎麼這樣……！」

放開手？我不太記得了。不過，眼前的青年形容得這麼生動，簡直就像親眼目睹我記憶被偷走的瞬間。

「放心，剛才不是說會還給妳了嗎？」

「那……那就請盡快……」

「——只是，有個條件。」

我那句「請盡快還我」都還沒說完，青年又慢慢把臉湊上來。

他群青色的眼珠緊盯著我不放，彷彿一不小心，整個人就會被那雙眼吸進去，我用力吞嚥口水。

「條……件……？」

「沒錯。打造記憶的通道，需要非比尋常的神力。但是，創造神力的器具被人偷走了。緣大人吩咐我去找回器具，但我一個人，總覺得沒自信能找到。」

我心想，不會吧……不、不可能吧。內心浮現非常不妙的預感。也不知道青年是否窺知了我內心的想法，咧嘴一笑道：

「因此，我要妳一起來幫忙找那器具……這就是條件，如何？只要能找到，就把記憶還給妳。」

「啥……？」

我不確定自己現在露出何種表情。不妙的預感成真，青年卻用凡人（或者說正常的「人類」）難以理解的詞彙，說得若無其事。

「我只是……普通……極為普通的女高中生！怎麼可能做得到那種匪夷所思的事！」

沒錯。青年說的，就跟「找出掉在沙漠裡的一根針」一樣，幾乎是不可能辦到的事。我又沒有通靈能力，也不相信**那類**的東西。雖說，剛才看見的獸耳和尾巴已經讓我相信了一半就是……

「怎麼？妳不想拿回記憶嗎？」

青年用疑惑的表情注視我，然後嘀咕了句「是喔」，轉身踏上石階，朝原本的方向走回去。

「那就算了。抱歉，是我不該強人所難。今天的事，妳就忘了吧。」

眼看青年就要離開。叫我忘了今天的事？如果他剛才說的是真的，錯過這個機會，我可能再也無法拿回記憶了。

小町、昴和祖母的臉龐浮現腦海。真的可以這樣忘了嗎？這樣真的好嗎？

「等、等一下！」

我忍不住朝開始爬上階梯的背影吶喊。看到青年回過頭時臉上得意的笑容，後悔自己太衝動也來不及了。

「我想……拿回記憶……」

「……妳叫什麼名字？」

「八、八重子……」

回過神來，才發現天空已經完全染成了橘紅色。夕陽像一顆燃燒的火球，照耀著包括神社石階、道路及青年的白髮在內的一切。他的眼瞳從青色變成朱紅，眼前散發夢幻氛圍的景象令我頭暈目眩。

青年再度緩緩走向我，笑容滿面地宣布：

「契約成立。請多指教嘍——八重子。」

就這樣，我和白狐二紫名展開了這場「尋物」任務。

我還是想早點搬回城裡啦，爸爸。

貳　夢想擁有名字的雙胞狛犬

來自眼皮另一端的晨間氣息，即使閉著眼睛也感受得到。早起的鳥兒們停在松樹上吱吱喳喳，我忍不住想像牠們是在彼此寒暄：「今天天氣真不錯」、「小八也快點起來吧」。

「嗯唔……」

揉著眼睛睜開惺忪睡眼，剛誕生的太陽，把那柔和的光線灑滿了整個房間。現在幾點啦？看一眼時鐘，短針還指著五。

「五……點、四十五分……？」

又起得太早了。我伸一個大懶腰，從被窩裡走下床，來到窗戶邊。俯瞰窗戶下方，昨晚大概下過雨，地面沾滿閃閃發光的雨露。

昨天也是，前天也是，搬到這裡來之後，每天早上都是這時間就起床了。我不是個擅長早起的人，會變成這樣是有原因的——這個房間沒裝窗簾。不、不只這個房間，家中所有稱得上窗戶的窗戶，除了推拉式的格子窗，全都沒有裝上窗簾。

因此，每當天一亮，陽光就會不由分說照進屋內，我也不得不早起了。

踩著嘰噫作響的階梯下樓，母親已經站在廚房裡。貼著磁磚的牆上倒映著母親的身影，從她手邊升起的蒸氣，使整個廚房充滿食物的香氣。

「哎呀，小八，今天也起得這麼早。」

似乎察覺到下樓的我，母親轉過頭，睜大眼睛。

「媽媽不也是嗎？」

「呵呵，沒辦法，就醒來了嘛。」

受到香味吸引，我走到母親身邊，探頭看她正在煮什麼。只見母親用熟練的動作把煎蛋捲翻了個面，再關掉瓦斯爐火。

「媽，為什麼這個房子的窗戶都沒裝窗簾啊？」

我這麼問母親。起初還以為是把髒掉的窗簾拆下來，準備換上新的，但遲遲沒聽說要裝新窗簾的事，這才想到可能有什麼原因。

「怎麼？當然是奶奶決定這麼做的啊。」

「奶奶決定的？」

「是啊。奶奶不是常說嗎？想要和晨光一起醒來，和夕陽一起入眠。還說這才是人類最正確的起居方式。」

母親笑著望向我，表情像是在說「怎麼現在還在問這個」。原來如此，這也是被我遺忘的資訊啊。被我遺忘的，那個時候的記憶——

「可以把失去的記憶還給妳」。

霎時之間，昨天那隻叫ㄈㄩ紫名的狐狸這句話閃過腦中。我拚命甩頭，想甩開這句話。母親疑惑地看著這樣的我，過了一會兒，又輕聲嘟噥「哎呀糟糕」，視線迅速回到手邊的便當盒上。

「我也贊成奶奶的意見喔。當然啦，跟著夕陽一起入眠是沒辦法……好嘍，完成！」

說著，母親把便當盒拿給我看。我知道，當母親露出那種表情的時候，多半是想展現什麼自豪的事，所以得要好好稱讚她一番。我窺看便當盒內，紅色、黃色、綠色等繽紛的配菜，襯托著今天的主菜漢堡排。那塊厚實的漢堡排，似乎是從搓揉絞肉開始親手自製的。

「早上時間一多，忍不住就想動手做些費工的菜～」

看來，母親也很享受這段晨間時光。

這個時段的空氣冷冽又純淨，給人清新舒爽的感覺。將這樣的空氣深深吸滿整個胸腔，我快步朝學校走去。因為，我不想跟昨天一樣，半路遇見那隻奇怪的狐狸。反正，他再怎樣也不可能出現在學校吧。所以我打定主意，只要快點到學校就好。

現在回想起來，那搞不好只是我做的一場白日夢。不、一定是這樣。別的不說，「救過的狐狸變成人類出現」這種情節，豈不是跟某個白鶴報恩的傳說故事太像了嗎。哪有這麼剛好的啦，而且現代日本也不可能發生這種事吧。嗯，這麼想就對了。

穿過田間小路，爬上微微彎曲的坡道，走了一陣子……終於，神社出現在眼前。神社映入眼簾的瞬間，內心浮現一股不平靜的預感。

二紫名該不會站在那裡等我吧——內心如此暗忖，明明一點也不想看到他的，視線仍情不自禁朝神社集中。不出所料，看見了人影。會是二紫名嗎——？

沒想到，出乎預料的是，站在那裡的不是他。

「——是……小町……還有昴？」

「早啊，小八。」

「小、小八！妳、妳今天真早。」

小町活力十足地舉起手朝我揮舞，昴則躲在她身後。原來不是二紫名啊。

「你們倆也好早，昴的話……是為了社團晨練嗎？」

「啊……嗯、對。」

內向的昴羞赧地笑著回答。可愛得像個小男孩的他，在籃球隊裡大顯身手會是什麼模樣呢？真難想像。他看起來就不像個會從事劇烈運動的人。

「昴還可以理解，小町怎麼也起得這麼早？」

「欸——？因為我要跟昴來等小八啊。我們一起去學校吧？」

眨著那雙依然塗滿睫毛膏的眼睛，小町這麼說。起得這麼早還有時間化妝，某種意義而言真是佩服她。話說回來，記憶中那個像小男生的小町究竟跑到哪裡去了啊？

「那麼兩位，我們趕快上學吧。」

我一邊東張西望，一邊這麼催促。儘管難得有時間可以跟兩人慢慢聊天，我卻滿心害怕那隻狐狸又出現，注意力都放在那邊了。老實說，只想趕快離開這裡。

於是，三人並肩踏上往學校的路。仔細想想，以往總一個人搭電車上學的我，這還是第一次「跟朋友一起上學」，產生了一股難以言喻的心情。田園環繞的景色，和昨天自己一個人走在這裡時沒有差別。然而，光是和別人一起，景色看在眼中就變得完全不同，真是不可思議。

不管聊什麼話題，小町都能說得生動有趣。面對小町刻意裝傻的玩笑話，昴卻是一臉認真回應，這樣反而更好笑，我忍不住噗哧出來。

這樣的日常，或許也不錯。在鬧鐘響之前醒來，和朋友開心談笑，慢慢走路上學……忽然覺得，住在鄉下搞不好挺適合我的。

——只除了狐狸那件事。

沒錯，那件事不時掠過腦海，令我想開心也開心不起來。當時倉促之間脫口答應要做，仔細想想，總覺得自己被捲進了奇怪的事件。下次再見到他，一定要跟他說「上次答應的不算數」。

「哎呀？這不是小昴和小町嗎？這位是……你們的新朋友？還是說……小昴交女朋友啦？」

剛彎進學校前的商店街時，一個聲音劈頭這麼說。

「不、不、不是啦！這是小八啊！阿姨妳應該也認識她吧？」

小昴拚命否認，臉紅得像燙熟的章魚。我從他後面窺看，店門口站著一位不認識的阿姨。年紀應該比母親大吧，摻雜幾縷白髮的頭髮綁成一把馬尾，手上握著掃把和畚斗，似乎正準備開店營業。店家的招牌上寫的是「田中柑仔店」。

「小八……哎呀，是那個『小八』嗎？好久不見，妳變得這麼漂亮啊！」

柑仔店的阿姨這麼說著，猛地往前探身。被人這麼近距離打量，我感覺不太舒服。

「上次小健來打過招呼，所以我是知道你們搬回來的事啦，只是沒想到，女大真的十八變哪。當年妳還那～麼小，現在已經是女高中生了呢。難怪我也老了。」

說「那～麼」的時候，阿姨用手在自己胸前比劃。

「小健」指的應該是我父親。他的名字叫健一郎，好像聽他說過，以前大家都叫他小健。這麼說來，阿姨是父親認識的人嘍。可是我當然不認識她。

「那……個……」

「啊、抱歉抱歉，妳不記得阿姨了對吧？我是在這間柑仔店顧店的啦，記得嗎？小八妳小時候偶爾也會來買東西呀？阿嬤雖然還在，最近上了年紀……動作不太靈活了嘛……對了，圓技奶奶的事真的很遺憾，我也好難過。以前她經常來買彈珠汽水呢，不在了好寂寞啊。」

阿姨說個不停，我有點受不了，用眼神向昴和小町求助。

「啊！阿姨不好意思，我們差不多該走了。」

「咦？已經要走了嗎？啊、那你們帶點彈珠汽水回去，好嗎？」

「不用了，那種東西不能帶進學校！」

我覺得很煩，用自己也驚訝的音量大聲回絕。本來沒打算這麼大聲說話的。但話都說出口了，也收不回來，只好拉起張大嘴巴發愣的小町和昴的手，逃也似的當場離開。

為什麼鄉下人都喜歡靠人靠得這麼近呢？不要管我就好了，他們卻總是步步逼近。我還是要收回之前說的話，鄉下生活果然不適合我。

「小、小八！小八啊！」

一踏出商店街，背後就傳來小町著急大喊的聲音。

「……欸？」

「妳、妳走太快了啦。」

停下來轉身一看，小町肩膀起伏，上氣不接下氣。

……糟了，我完全沒考慮到小町和昴走路的速度，硬是拉著他們走得太匆忙了。

「啊……抱歉。」

「不會……沒關係啦……」

只是，小町這麼說完就沉默不語了。昴一臉擔心地代替小町看著我說：

「小八，妳是不是討厭**那樣**。」

「也不能說是討厭……」

我知道自己原本就不是擅長社交的人，住在城裡時，也只跟鄰居保持最低限度的往來。再加上現在失去了當年的記憶，阿姨對我來說成了**初次見面**的陌生人，卻用那種親暱態度跟我說話，我只覺得很恐怖。

「——應該說，不太懂得如何應付吧。」

「這樣啊……我們這邊大家都很熟，或許對小八來說，適應起來很辛苦呢。」

昴這麼說著，對我露出抱歉的笑容。

＊＊＊

早上第一堂課的數學果然有聽沒有懂，古文課又睏得不得了。中午吃便當時，小町分我一個炸雞塊，昴分我一條炸蝦，我則把漢堡排分給他們吃。兩人都驚呼「這什麼？怎麼這麼好吃」，我也高興起來，要是跟媽媽說了，她一定會很開心。這天就是這麼快樂的一天。

沒錯，快樂得讓我忘了**那件事**。

明明可以當作沒有那件事，就這麼度過這天的。

偏偏——

「八重子，妳來得太慢了。」

就在一個人走路回家，正好途經神社時，那隻白狐二紫名出現在掉以輕心的我面前。

「啊！出現了！」

「……別把人說得像是幽靈一樣。」

幽靈和白狐又有什麼不同呢。跟上次一樣，二紫名笑嘻嘻地看著我。穿著昨天那件淺紫色和服，皮膚也還是白皙得近乎透明，整個人散發一股非現實的氛圍，就算說他是幽靈也不會有人懷疑吧。

「原、原來不是夢啊……」

「妳這傢伙……怎麼可能有那麼清晰的夢啊？」

「可、可、可是如果不是夢就太奇怪了啊！白狐什麼的——」

「噓！」

他忽然伸手摀住我的嘴巴。冰冷的觸感，還有一陣好聞的淡淡幽香飄過鼻尖。最重要的是……距離太近了——

「你、你、你要幹嘛……」

「妳這傢伙，不要隨便把白狐兩字說出口啦！叫我二紫名。」

這麼說完，二紫名才放開我。殘留的香氣飄散在我四周，心頭一陣小鹿亂撞，不像我會有的反應。然而，二紫名倒一點也不在乎似的，兀自邁開大步往前走。

「那麼八重子，我們趕快開始找吧。」

「啊！關於那件事……我想說還是不要好了。」

短暫的瞬間，擔心他是否生氣了，我忐忑不安地看著二紫名的背影。

然而，與我預期的相反，轉過身來的他，臉上堆著滿滿的笑容，反而有點可怕。

「不好意思喔，八重子。契約一旦成立，就得請妳執行到最後。如果妳說不做了，將會遭到神明的詛咒。」

二紫名口中居然說出「神明的詛咒」這種話。要是原本的我，大概不會把這種話當一回事吧。可是，光是二紫名這個人就已這麼不可思議，令我擔憂起真的會受到詛咒，不禁害怕起來。

「太過分了吧！難道沒有猶豫期嗎？」

「……猶……？那什麼？」

這隻狐狸有夠麻煩的啦。簽訂合約既不設猶豫期，還用神明詛咒來威脅人。既然這樣，我也只能豁出去了。

「…………那算了，我知道了。既然這樣的話，就快點把那個器具找出來，然後快點把我的記憶還給我吧！」

這麼一來，我也能早日脫離這隻奇怪的狐狸。畢竟我只是想過正常人的生活而已。

「哈哈哈！不愧是君江的孫女，提得起放得下，這點跟她挺像的嘛。」

「……你剛說什麼，君江？」

「對啊，怎麼了嗎？」

「你認識我奶奶喔？」

二紫名露出更神祕的笑容。

「不但認識，接下來要找的器具，就是君江供奉給緣大人的呢。」

「奶奶？為什麼？……是說，奶奶供奉的東西為什麼會有這麼大的力量？」

我腦中一片混亂。祖母應該只是個普通人類才對。還是說，其實她擁有某種特殊能力，只是我忘了？不、可是，父親和母親也從來沒提過類似的事啊……

「詳細情形我也不清楚。不過，不知出於何種因緣巧合，和我簽約的人正好是妳，對我而言堪稱幸運。既然曾經是屬於妳祖母的東西，妳當然推測得出那是什麼吧？」

「不不不不！我可是失去記憶的人耶？怎麼可能知道！」

「哈哈哈哈！對喔，我忘了！」

二紫名不知為何心情很好，咯咯笑個不停。我可一點都笑不出來。

「——換句話說，只要找到奶奶原本持有的東西就行嗎？可是，連你也不知道東西跑到哪裡去了對吧？這樣怎麼可能找到……」

真要說的話，甚至沒人能保證那個東西還在這鎮上。這種跟尋寶沒兩樣的事，我真的能辦到嗎？

「不、沒必要知道那器具跑到哪裡去了。」

二紫名這麼說著，從和服袖兜裡拿出一個小小的東西，看上去像磁石指南針。

「什麼意思？」

「只要妳說得出那個器具的『名稱』就行了。如果那是正確答案，這東西就會指出器具所在之處。」

「名稱……你連要找的東西叫什麼都不知道嗎？」

「一旦離開緣大人手邊，緣大人就會忘記那器具的名稱。唯一能依靠的線索，只有緣大人的記憶。我們必須根據緣大人對那東西的感受來猜出正確名稱。」

原來如此，現在我總算明白，為何二紫名會說光靠自己一個人沒自信找到了。要找出曾經屬於人類的物品名稱，有個人類一起幫忙找，終究還是比較方便。

「好喔，那我知道了，我們趕快開始找吧。」

儘管我仍無法完全接受這個非現實的世界，現在不是說這種話的時候了。

「也對，那麼……」

這次，二紫名伸手入懷，取出一個白色信封。裡面裝著一張薄得近乎透明的和紙便箋。

「說是會發出七彩光芒的東西。」

「……啥？」

「就這樣，沒了。」

「就這樣？沒了？沒寫其他的嗎？」

我卯起來拉扯二紫名的和服衣袖。這線索明顯太少了吧？可是，二紫名只嘟噥了句「妳看」，朝我出示便箋。

上面以龍飛鳳舞的字跡寫著「會發出七彩光芒的東西」。無論如何翻來覆去，便箋上都找不到其他半個字了。我忍不住大聲嘆氣。

「……那個神明大人還是緣大人的，就不能再說清楚一點嗎？」

「下次妳可以當面跟祂本人抱怨……好嘍，接下來怎麼辦？」

二紫名用試探的眼神看我。這傢伙該不會在看好戲吧。說要把記憶還給我只是瞎扯，其實是跟「緣大人」一起戲弄我這個人類當好玩也說不定。

真是這樣的話，那我更是絕對要把東西找出來，給他們好看。

一個轉身，我踏上來時路。二紫名急忙跟上。

「八重子，妳要去哪？」

「……總之，先去找看看有沒有人知道奶奶最寶貝的東西是什麼。」

身為孫女的我現在失去記憶，只能仰賴鎮上其他人了。說不定有人知道奶奶曾供奉了什麼給緣大人。

「……走吧！去商店街。」

＊　＊　＊

或許正值傍晚的關係，商店街裡有不少人來購物，氣氛頗為熱鬧。在夕陽照耀下，大家的臉頰都染成了橘紅色。

現在這個時間，沒有參加社團活動的學生已經都回到家了，參加社團活動的學生則還在社團裡活動，對我來說，是不會遇到同學的最佳時機。

就算什麼都不做，身為轉學生已經夠引人矚目，更別說跟一個滿頭白髮又穿和服的男人走在一起，要是被撞見，說不定會引發奇怪的謠言。

我和二紫名穿梭於人群間，在商店街裡前進。

「妳已經有目標對象了嗎？」

「算吧……今天早上啊……」

和昴及小町走路上學時，跑來跟我們講話的那個阿姨。聽來她似乎認識祖母，沒記錯的話，那間店應該就在這附近……——找到了。

「田中柑仔店」招牌映入眼簾時，身旁突然傳來激動的聲音。

「哎呀呀呀哎呀呀呀！」

該說來得正巧嗎，聲音的主人正是我在找的那個阿姨。阿姨似乎剛從其他店家買東西回來，手裡提著購物袋。她看了看二紫名，又看了看我，目光充滿了好奇。

糟糕，我忘了先想好對鎮上居民的說詞。仔細想想，失去記憶的只有我，鎮上的人都認識我啊。看到「圓技奶奶家的那個八重子」和一個陌生和服男走在一起，謠言肯定馬上傳遍整座小鎮。

該如何解釋才好呢。「親戚表哥來我家玩」……好，就用這個理由帶過吧。正當我這麼想時，二紫名卻開了口。

「川嶋太太，好久不見呢。」

——嗯嗯？

「二紫名真是的，什麼時候來的啊？你最近太少來，大家都很想你喔。」

——嗯嗯嗯？

「不好意思，我的正職工作太忙，沒法來神社幫忙……不過這次預計會在這邊待一陣子，還請多多關照了。」

聽著二紫名毫無滯礙的寒暄，我一方面驚訝，一方面思考起他話中的意思。這麼聽起來，二紫名和這位阿姨，也就是川嶋太太，兩人原本就認識——是這個意思嗎？

川嶋太太盯著二紫名看得入迷，又像忽然驚覺站在一旁的我，朝我投來疑惑的視線。

「她是——」

二紫名這麼開口時，川嶋太太的視線也回到他身上。

「八重子是我的朋友——我們認識很久了。」

說著，二紫名微微一笑，川嶋太太呼了一口氣。

「什麼啊，原來是這麼回事！原來小八交了你這麼出色的朋友。」

「哪有什麼出色，您過獎了……對了，她好像有事想請教川嶋太太。我是想說她，才剛搬來沒多久，一個人走路回家有點危險，所以陪著過來。」

他竟然能如此面不改色地說出這一串謊話。我抬眼瞪視二紫名，用眼神質問「到底怎麼一回事？」他保持笑容不為所動，只用手肘輕輕碰撞我暗示「快點問」。

「啊……是這樣的……我想問的是關於祖母的事……」

我用幾乎聽不見的微弱聲音詢問，內心後悔今天早上對這個人做出那麼沒禮貌的行為。

「這樣啊，什麼事呢？」

可是，川嶋太太望向我，像是一點也不介意。

「就是……您是否知道，祖母生前最寶貝的東西是什麼呢？」

「圓技奶奶嗎？」

川嶋太太歪著頭沉吟了一會兒，又嘟噥著說「好像沒聽她說過耶」。

她也不知道嗎……期待愈大，一旦落空也就愈失望。

但是，總不能就這樣摸摸鼻子放棄。什麼都好，希望能打聽到一點線索。

「不、不然這樣吧！請問您知道祖母生前在鈴之守神社供奉了什麼嗎？」

什麼都好、什麼都好、有沒有什麼——

「抱歉喏，既然小八都這麼問了，表示這件事一定很重要吧？可是阿姨和圓技奶奶沒有聊過太深入的話題，所以不知道呢。不過，阿嬤或許知道……」

這麼說著，川嶋太太眉角下垂，露出抱歉的神情。

才踏出第一步就受挫。不過，說的也是啦，誰知道奶奶會跟鎮上的人聊什麼，說不定她根本不曾告訴別人自己的私事。

「這樣啊……不好意思，突然問您這種事。」

我朝川嶋太太一鞠躬後，二紫名還站在那裡不動，我拉扯他的衣袖，當場就想離開。

反正繼續留在這也派不上用場，不如去找商店街其他人問問看吧。多問幾個人，說不定能瞎貓碰上死耗子——我這麼想。

費了好一番勁，才把二紫名從依依不捨的川嶋太太身邊拉開，正要離開那裡時。

「想說妳怎麼這麼慢，原來是在這裡打混啊？」

大約從背後兩三公尺處，傳來一個低沉沙啞的聲音。

「阿嬤！不是跟妳說別隨便外出嗎！哎呀，等等！」

才剛聽見川嶋太太緊張的這麼喊，我的右手臂就突然被人抓住。連「什麼」的「ㄕ」都還來不及說出口，對方用力一拉，兩三下就將我拉得轉身。

眼前站著一個完全看不出有這麼大力氣的老婆婆。

「妳就是小君的孫女？」

「那個……呃……對……」

從老婆婆臉上無數深深的皺紋，可以想見她活過了多少歲月。下垂的皮膚令人看不出她原本的長相，唯一能確定的是，這不是一張溫柔和藹的臉。年紀固然大，站姿仍然相當地有魄力。

「真是的～阿嬤，小八都被妳嚇到了啦！」

幸好川嶋太太居中緩頰，老婆婆緊迫盯人的視線才沒有繼續烙印在我身上。

「田中奶奶，好久不見了。」

「……什麼啊，是神社的二紫名？好久沒看到你，都差點忘了你的存在嘍。」

「不好意思，我的正職工作太忙……」

「嗯哼，沒關係啦。既然這麼久沒來，就跟那孩子一起來喝杯茶吧。」

從對話的前後內容聽來，這位老奶奶一定就是柑仔店的店主了。老婆婆——柑仔店的阿嬤說著「那孩子」時，顫抖的指尖指向了我。

「喔，不錯耶。正好八重子好像有事想請教田中奶奶您喔。」

「啊！沒錯沒錯！圓技奶奶的事情，如果是阿嬤，說不定知道喔！」

川嶋太太興奮地拔高了聲音，柑仔店的阿嬤皺起眉頭。看著她用這個表情走向我，心臟不禁猛烈跳了起來。

「沒記錯的話，妳叫『八重子』吧？好啊，只要是我知道的事，都可以告訴妳。」

我在柑仔店的阿嬤身上，聞到了甜甜的香氣。

「田中柑仔店」似乎歷史悠久。從敞開的木門往內窺看，看得見裡面的水泥地上隨處都有黑色污漬。店內架上放滿籃子或透明罐，裡面都裝了多到幾乎滿出來的零食點心。天花板上吊著塑膠飛機模型，牆上貼著昭和氣息濃厚的海報。店內裝潢像打翻玩具箱似的五彩繽紛，我情不自禁看得入迷。

好奇的我，伸手拿取商品起來看。「軟麥芽糖」……沒聽過。「黃豆粉棒」……還是沒聽過。「口笛彈珠汽水糖」……看都沒看過。

現代的小孩子真的會喜歡吃這些糖果零食嗎？因為我實在看得太認真，先走進店內的田中奶奶回頭對我說：

「妳要是真那麼好奇，想吃什麼就拿吧，大家一起在這吃。」

「我好像聽見八重子的肚子在叫了。」

二紫名一邊偷偷嘀咕，一邊從我身邊越過。硬是克制自己想大喊「我的肚子才沒叫」的心情，我只是狠狠瞪了他的背影一眼。

雖然對二紫名的捉弄感到火大，倒也難辭柑仔店阿嬤的盛情。我從擺滿店內的零食點心中挑了幾個，再匆匆跟著大家一起走進店內。

店面後方有個小小的榻榻米房間，空間很小，頂多只能在正中央放一張圓形矮桌。先一步跑回來的川嶋太太已經泡好了茶，並將三人份的茶杯放在矮桌上。

「我還要顧店，先告退了喔，有什麼事再叫我。小八、二紫名，你們兩個慢慢坐。」

說完，川嶋太太就走出了小房間。關上門後，沉默籠罩被留下的我們。我緊張地等待柑仔店的阿嬤告訴我關於奶奶的事。

柑仔店的阿嬤先是呼口氣，接著慢慢啜飲杯中的茶。最後，視線筆直地朝我投射。

「我一看就知道妳是小君的孫女了，長得真的太像。」

說著，阿嬤微微瞇起眼睛。那雙眼裡，透露出幾許懷念的情緒。

「話說回來，也真是被小君嚇到，某天突然就不認得我了……最後還離開得那麼寂寞。」

阿嬤先是這麼喃喃低語，瞇起的小眼睛又突然骨溜一轉。

「所以呢？要說什麼？妳想問什麼？啊、那個還滿受歡迎的喔，吃吃看。」

阿嬤指著我手上的零食。語氣雖然冷淡，她似乎是個比外表更溫柔的人。我立刻拿起一個品嚐。

「嗯唔，好好吃……」

甜度剛剛好，一點也不膩口。和我常吃的西式甜點不一樣，有種說不出的懷念滋味，真是不可思議。如果是這個，或許再多也吃得下。

——不對！

危險、太危險了。零食好吃到差點忘了原本的目的。

「那個……我在查祖母的事！聽說祖母生前跟您很熟……所以……想說，是不是能請您告訴我，祖母最寶貝的東西是什麼，或是……您記得類似的事嗎？」

柑仔店的阿嬤默默閉上眼睛，又喝了一口茶，再把空了的茶杯緩緩放下。這不過是幾秒之間的事，我卻感覺那沉默像是永遠。

「小君啊，對我來說就像小自己很多歲的妹妹。很久很久以前，從我們還是小姑娘的時代，她就經常來我們店裡玩，有時也買糖果……」

柑仔店的阿嬤輕輕地吐出一字一句，像是一一撿起珍藏的寶物，為了不讓手中的寶物掉落，動作輕柔而緩慢。

「她是個很好的孩子……知道那孩子結婚時，我真的好高興。沒想到，那孩子的丈夫會走得那麼早……阿清的葬禮上，那孩子表現得非常堅強……」

圓技清是我的祖父。我從父母那裡得知，祖父過世得很早。聽說父親才剛出生沒多久，祖父就病倒了。

「當時那孩子的表情，我到現在還忘不掉。」說著，柑仔店的阿嬤輕輕嘆口氣。

「後來不久，小健也離家了，那個家終於只剩小君一個人的時候，妳猜她說了什麼？」

「說了……什麼？」

「她說『這麼一來，就沒有任何牽掛了』。」

柑仔店阿嬤的眼神無力地飄了飄。為了不錯過她任何一個眼神，我堅定地凝視她。

隱隱約約的，原先像是一團霧氣的東西漸漸成形。感覺就像身處伸手不見五指的黑暗時，慢慢辨識出周遭事物的輪廓那樣。

我大概知道柑仔店阿嬤想對我說什麼。對祖母而言，那個重要的寶貝，可能就是在祖母失意時拯救了她的東西。

「也就是說……當時，圓技奶奶失去了活下去的希望嗎？」

聽見二紫名的聲音，柑仔店阿嬤的眼神才重新聚焦。

「不、不是那麼悲傷的事。對她而言，那反而是個希望，因為隨時都能到阿清身邊去了。」

「…………」

「那時我心想，啊、這個人打算去死了。看她的表情就知道，她對這世界已經沒有任何留戀……沒想到，過了幾年後，某天小君一臉開心地來找我。」

「一臉開心？」

柑仔店阿嬤呵呵一笑，自己也拿起一個零嘴來吃。

「她跟我說……她抱孫了。」

「那是指……」

「沒錯，妳出生了，小君整個人像活了回來一樣。她以前就常說想要女兒呢。」

柑仔店阿嬤拿起第二個零嘴，津津有味地塞滿嘴巴。和回憶一起，仔細品嚐著那些零嘴。

「之後又過了不久，小君興奮地跑到店裡來。我問她『怎麼啦？』那孩子說，『之後孫女要來給我照顧了』，把我也嚇了一跳。」

當時祖母一定和眼前這位柑仔店的阿嬤一樣笑容滿面吧。她的笑容就是如此溫暖。

然而，聽到這裡我忽然察覺。我問她的明明是「祖母最寶貝的東西」。在我原本的猜測中，「拯救了失意的祖母」的，一定就是那個重要的東西，最後她也把那個東西拿來供奉給神明。怎麼現在柑仔店的阿嬤老在提陳年往事？

……不、不對。從這番陳年往事中，我早已經**明白**祖母重要的寶貝是什麼了。

朝身邊投以一瞥，正好和一臉若無其事的二紫名四目相接。他臉上依然寫著「快問啊」。

「那麼……祖母的寶貝是……」

柑仔店阿嬤哼了一聲「真遲鈍」，滿是皺紋的臉更是皺成了一團：

「她的寶貝就是妳啊。」

夕陽的紅光從面西的窗戶透進來，沒時間了。

從剛剛開始，我就打從心底感到如坐針氈。得快點離開這個令我坐立不安的地方才行。

「……看來，這不是妳想要的答案呢……」

柑仔店阿嬤這麼說著，緩緩起身。我什麼回應都沒有，會不會惹她不開心啊。

可是，門雖然砰的一聲關上，從中卻感受不到任何憤怒的情緒。

不可思議的是，總是動不動就出言嘲諷的二紫名，這時只是默默看著桌上的茶杯。因為他不開口，我也不能說什麼。兩人就這樣保持沉默，房間裡只有時針發出的滴答聲。

「可以幫我開個門嗎？」

打破沉默的，是低沉沙啞的聲音。

「啊、是、好的！」

急忙把門打開，站在門外的柑仔店阿嬤手上提了一個大塑膠袋。一看就知道，這個袋子一定很重。

「這是……怎麼了嗎？」

「小君以前啊，經常來幫妳買彈珠汽水呢。這些給妳帶回去喝。」

聽她這麼一說，我再重新看了一次塑膠袋，裡面確實裝滿了瓶裝的彈珠汽水。

「這麼多……我不能白白收下！」

我不但不請自來，還吃了人家那麼多零食，最後怎麼能收下這些彈珠汽水呢？

然而，柑仔店阿嬤臉色不改，兀自把袋子遞給二紫名。

「這只是老太婆我的一點心意，你們就收下吧……再說，我從小君那裡聽了很多妳的事，早在不知不覺中，把自己也當成妳的奶奶了。第一次見到可愛的孫女，就讓我做這點小事也沒關係吧？」

既然她都說到這地步了，我也不能再推辭，站起身來，深深低頭行禮。

不管怎麼婉拒，柑仔店的阿嬤仍堅持要送我們到店門口。坐在收銀機後面的川嶋太太也露出「她就是不聽勸」的表情搖頭。

其實，講這麼久的話，對她的身體負擔一定很大。和進店裡時相比，阿嬤的腳步變得沉重，看起來舉步維艱。

走出店外，我再次深深一鞠躬。原本笑都不笑一下的阿嬤，表情比剛見到她時多了幾分溫柔。

「啊、對了──」

我抬起頭時，阿嬤又這麼開口：

「當年妳剛來這個鎮上時，小君煩惱了很久，說她不知道買什麼給妳玩。畢竟，我們都沒有照顧過生長在都市的小孩嘛。結果啊，妳好像很中意這個彈珠汽水，小君高興地來跟我說，妳經常拿這個來玩。不過，妳應該不記得了就是。」

天空從淺橘紅色轉變為深紫羅蘭色時，我和二紫名踏上回程。

夕陽照耀下，地面拉出了兩條長長的人影。我走在二紫名前面，使得兩人影子的身高看起來差不多。

二紫名什麼都沒說，也什麼都沒問。只有木屐摩擦地面的聲音和地上的影子顯示出他的存在。

「我啊——」

明明沒人拜託，我還是開了口。因為討厭這樣的沉默。

「奶奶死掉那時候，我心裡還在想『怎麼偏偏挑這種時候』。」

像個上了發條的玩具，嘴巴擅自聒啦聒啦說起來。

「因為我當時還要考升學考啊！哪有時間心力出席葬禮啊，要準備考試還要弄那些，太麻煩了。」

啊，好討厭。但是最討厭的，是把這種話對一個陌生人說的自己，對方甚至還是隻白狐。然而，話語像是擁有自己的意志力，不斷從我口中飛出去。

「……就算不記得了，我那樣……我那樣……未免太過分了吧。奶奶好像把我當成寶貝，我卻——」

不知不覺，木屐的聲音消失，寂靜再度降臨。二紫名是不是受不了我，先回去了呢？

「可是，妳現在不是後悔了嗎？」

二紫名的淺紫色和服，出現在低下頭的我的視野裡。抬起頭一看，眼前還是那個嘻皮笑臉的二紫名。

「所以妳才想拿回記憶，不是嗎？」

是這樣沒錯，是這樣沒錯，可是——

最重要的事，無法化為言語說出口。

二紫名伸手入懷，拿出有著同樣白色刺繡圖案的美麗白手帕。他把手帕按在我臉上時，我才發現自己哭了。

「後悔是很高尚的情操，不是誰都做得到的事。可是，妳確實後悔了，這不是結束而是開始。只要從現在開始就好。」

手帕有二紫名身上的味道。令人懷念的，甜美的金木樨香氣。

＊＊＊

「欸欸欸欸——！小八，妳認識**那個**二紫名喔？」

小町的大嗓門在教室內迴盪。其他同學也全部轉頭看我。

現在是午休時間。可是，再怎麼說是休息時間，說話音量的大小也該有個限度。

「小町！妳太大聲了啦！」

「可是……是二紫名耶！很驚人啊。」

「……他那麼有名嗎？」

「他那麼顯眼！雖然只是偶爾來神社幫忙，但妳不覺得超帥的嗎！噯、他是怎樣的人啊？」

什麼怎樣的人，就跟外表看上去的一樣，是個怪人啊。我很想這麼說，最後還是硬生生把這句話吞回去。

「不、可是，他的外表那麼……」

「小八！妳太古板了！白髮很時尚啊！」

好啦，隨便妳高興怎麼說。無視傻眼的我，小町不減興奮，還在那邊嚷嚷著「長那樣絕對是混血兒」之類的話。哪來長那種狐狸眼的混血兒啦。

「欸，昴。」

我把小町丟在一邊，低聲問身旁的昴。

「既然會來神社幫忙，昴跟那個……二紫名，應該認識嘍？」

昴思考了一秒，對我露出抱歉的笑容：

「認識是認識，只是偶爾見到面時打個招呼而已。所以，抱歉，詳細情形我也不清楚。問我爸或許知道……」

「啊、不用了，不用知道得太詳細……那我問你，你知道二紫名的漢字怎麼寫嗎……？」

「咦……？不是『西名』嗎？東西南北的西……名字的名……底下的名字我就不知道了。」❶

原來如此。大家以為他叫西名啊。還想說商店街的人怎麼好像都跟他滿熟的……原來他是用這種方法融入人界啊。

不管怎麼說，幸好昴沒有反問我「你們不是認識嗎？妳怎麼連這都不知道」。

「……啊、對了，我帶來嘍。」

說著，我從書包裡拿出兩瓶彈珠汽水。預先裝在寶特瓶用保冷袋裡的關係，汽水還有點冰涼。

「哇！小八，謝謝——！」

「謝謝妳，小八。」

兩人各拿一瓶，不但眼神閃閃發光，還滿臉都是掩不住的笑容。這鎮上的人，好像都很喜歡田中柑仔店的彈珠汽水。

「話說回來，我還真訝異，居然可以帶彈珠汽水來學校。我以前住的地方，絕對禁止帶這種東西來學校的呢。」

拿到一大袋汽水當天，我就把這件事告訴他們兩人了。結果，這才知道現在的學校，只要取得老師同意，就能帶彈珠汽水來上學。聽起來，柑仔店的阿嬤好像在這鎮上擁有絕對不容質疑的地位。

彈珠掉進瓶子裡，發出痛快的「噗咻」氣泡聲。聽到這聲音時，我腦中靈光一閃。

「欸，我問你們兩個喔，聽到『發出七彩光芒的東西』，你們會想到什麼？」

結果，從柑仔店的阿嬤那裡也沒得到答案。既然如此，不如尋求他們兩人的幫助。

面對我這天外飛來一筆的問題，昴愣了一下後回答：

「說到七彩……我會想到『彩虹』……」

沒錯。說到七彩就會想到彩虹。可是，彩虹怎麼拿來供奉給神明？

「嗯……有沒有什麼具備實體的東西啊？」

我這麼問，兩人一邊喝彈珠汽水，一邊面面相覷。

❶日語中「二紫名」與「西名」發音相同。相較於二紫名，西名更為普遍。

「啊、不然吹泡泡的泡泡呢。那個看起來也是散發七彩光芒的吧？」

說著，小町從椅子上跳起來。

泡泡啊……確實也可以說那看起來散發七彩光芒，可是一碰就破的東西，還是無法拿來供奉給神明。

就算問人也得不到答案嗎……這樣的話，似乎只能再找認識祖母的人打聽了，或者……

思考這些事時，上課鐘聲響了起來。小町和昴喊著「糟糕糟糕！」一口喝乾剩下的彈珠汽水。

「瓶子，我帶回家回收吧。」

正當我這麼說著伸出手——

「等一下！」

小町著急地收回了瓶子。還以為她要做什麼，沒想到小町靈巧地轉動瓶口的蓋子，把那取了下來。

「咦……這拿得下來喔？」

「對啊，妳不知道嗎？」

小町得意微笑，將瓶中的彈珠倒出來。

「這個這個！我就是在蒐集這個啦。」

「蒐集這個？不就是普通的彈珠嗎？」

——而且還是彈珠汽水裡的彈珠。

大概是我一臉難以理解的樣子，昴似乎覺得很好笑，噗哧笑著解釋：

「田中柑仔店的彈珠汽水有點不一樣喔，一般放的都是透明的彈珠汽水，但這裡的……妳看。」

滾動的彈珠放在瓶子裡時看不出來，拿出來一看才知道，原來帶有一點淡淡的色澤。表層雖然是透明的，愈往中心點顏色愈深，形成了漸層色彩。這顆彈珠的顏色是海藍色。

「哇，好美……藍色的彈珠耶。」

我這麼低喃，昴就不發一語地指著從另一瓶汽水拿出的彈珠。這顆……不是藍色，是像剛出生的小雞身體乾了之後呈現的嫩黃色。

「顏色都不一樣嗎？」

「對，很有趣吧？應該還有更多顏色才對，總共有七個顏色吧？可是，其中一種顏色怎麼都找不到，所以大家會一直去田中柑仔店買。」

「對啊！就是紫色，怎麼樣都找不到！這一定是田中阿嬤的銷售策略啦！」

朝一旁失望的小町看一眼，昴笑著說「看吧」。

這是一個不小心就會忽略的，令人莞爾又平穩的日常一幕。

可是，我卻在一瞬間感到種種雜音全部消失，自己的身體開始發熱。腦中奔馳的，是剛才聽到的幾個關鍵字。

祖母最寶貝的東西是……我……她經常為了我去買彈珠汽水……彈珠……七種顏色的彈珠……

一切都連在一起了。此刻，我的心臟劇烈跳動。

就是這個——

＊＊＊

「知道什麼了嗎？」

哪有人一開口就這樣講的啦。

我嘆了一大口氣，掀起制服領子搧風，想為流汗黏膩的肌膚送入一點新鮮空氣。如果早知道他是這種反應，我才不會拚了老命用跑的過來。

神社前的道路行人稀少，我們兩個在這裡講話不用偷偷摸摸。

「以八重子的能力，我猜最後還是什麼都不知道吧？」

二紫名咧嘴一笑，那張臉好欠揍，我是徹底的被他看扁了。在這種人面前落淚，還接受了他的安慰，真是我這輩子最後悔的事。

「我說你啊！能不能不要用那種方式說話？虧我已經找到答案了說！」

「……妳找到答案了？」

他用打從內心驚訝的表情注視我。這傢伙真的非常、非常、非常沒禮貌。

「……所以，你快點拿出那個像磁石指南針的東西吧。」

「那叫羅盤啦。算了，反正都是一樣的東西。」

二紫名手上的那東西，怎麼看都只是個普通的指南針。

「……只要對著這個說就行了嗎？」

「沒錯。」

對指南針說話。這是普通人絕對不會做的事，我也在躊躇之中開口。

「就是……田中柑仔店的彈珠汽水裡的彈珠。」

那麼，接下來發生了什麼事呢？至今一直毫無動靜的羅盤，突然自動發光，光束鋪成了一條路。這條光之路不斷延伸，沿著神社的石階往上，穿越鳥居，進入神社境內。

「……噯、一直通往神社裡面去了耶？」

「……………」

這究竟是怎麼回事？按照二紫名的說法，這個叫羅盤的東西會告訴我們要找的器具在什麼地方。可是這麼一來，不就表示器具在神社裡嗎……？

換句話說，可以推測出兩個可能。第一，是緣大人自己疏忽了。第二，是我被整了。說吧，到底是哪一個？

我緊盯著二紫名，他發出氣惱的嘆息。

「常聽人說『監守自盜』，就是這麼回事吧……」

哪回事？我還沒開口發問，二紫名就抓起我的手，直接往石階上走。

「等、等等啦！」

硬抓住我的那隻手依然很冰涼。不過，互相碰到對方的部位開始漸漸溫暖起來。啊、他也是活生生的人呢。這麼一想，忽然對眼前的狀況感到害臊，臉頰瞬間發燙。我……正和二紫名手牽著手——

憑什麼自己非得為了這種事心頭小鹿亂撞不可啊。這傢伙不過是區區白狐，只是一隻狐狸罷了。

跑上長長的石階，懷念景色盡收眼底。手水舍的清水，從龍口造型的出水口汩汩流出，長柄杓排放整齊，還看得見綁在後方的許多籤詩。每當一陣風吹過，環繞神社的樹木就發出此起彼落的沙沙聲，感覺空氣都為之清冽。儘管現在是白天，神社裡也沒有任何攤販，但毫無疑問的，這就是那年夏天我來參加夏日祭典的神社。

「跟我來。」

二紫名拉著我踏上兩旁鋪設了砂礫的石板參拜道。應該每天都有人打掃吧，參拜道非常乾淨，連一顆小石頭都沒有。

還以為要一路走向大殿，二紫名卻在途中停下腳步。接著，他環顧四周，用不高興的語氣說：

「喂，妳們在吧？」

可是，聽見的只有吹過神社的風聲。二紫名輕輕「嘖」了一聲，又低嘆口氣說：

「……真是的。」

「噯、你在跟誰說話……？」

二紫名開始對著無人的神社生氣，那模樣旁人看了只覺得非常詭異。

然而他對我視若無睹，又深吸一口氣——

「喂！我要把妳們的點心全部吃光了喔！」

二紫名突然這麼大聲一吼，停在樹葉間的烏鴉嚇得全都啪啪振翅飛走，飄下幾根漆黑的羽毛。只剩下二紫名的吼聲在整個神社裡迴盪。

「等、等一下啦——」

這樣會吵到附近的人。正當我想勸阻，樹叢間竟衝出兩個人影。

「不行啦——」

「啦——」

我驚訝地東張西望，卻沒看到有什麼人。轉頭用眼神問二紫名「怎麼回事？」

他伸手往下指了指。

下面……？低頭一看，兩個小女孩正抓著二紫名的和服下襬，半邊身體躲藏在他背後，睜大溼潤的眼睛，微微往上看我。

「好了，別躲了，出來吧。」

二紫名用力把和服從女孩們手中抽出來，再從背後推著她們往前。

亞麻色及腰長髮隨風搖曳，剪著齊眉的瀏海，身上則是淺粉紅色和服，身高差不多到二紫名腰部。包括髮型與穿著在內，兩個小女孩的外表一模一樣，似乎是一對雙胞胎。

「二紫名，她是誰——？」

「誰——？」

兩人面露狐疑神情。二紫名對她們說：

「八重子，是個人類。」

欸！等等，這樣說明沒問題嗎？……應該說，既然會對她們這麼說明，就表示這兩個女孩不是人類嘍？

陷入混亂的似乎只有我，女孩們忽然滿臉笑容。

「人類！好久沒看到人類！」

「類——！」

接著，兩人不但發出歡呼，還繞著我打起轉來。喀啦喀啦的木屐聲迴盪四周，好不熱鬧。

「……妳們兩個！」

原本默默旁觀的二紫名，突然這麼大喊。語氣也很強硬，聽得出他很生氣。

「嗚嗚！」

「嗚！」

這次，兩人改成躲到我背後。

「噯……不要這樣啦，她們還這麼小，好可憐。」
眼看兩個小女孩都快哭了。雖說只是初次見面的對象，我不免產生了同情心。
「小？妳在說什麼啊，這兩個傢伙年紀可比妳大多了喔！」
「…………什麼？」
「這不是廢話嗎？別看她們這樣，也算是妖怪的一分子。」
二紫名拉出躲在我背後的兩人，抓住後領將她們揪得騰空。女孩們擺動雙腿掙扎，嘴上不斷發出抗議。
「她們是住在這裡的狛犬啦。」
「狛犬……」
狛犬……就是那個狛犬嗎？不管我怎麼看，她們都只是兩個可愛的小女孩啊。不過，這個疑惑很快就解除了。畢竟，眼前這個叫二紫名的男人，真面目也是個白狐妖嘛——
「二紫名！放開啦！」
「啦！」

「還有臉講這種話！妳們兩個，是不是偷了緣大人的器具？快說，拿到哪裡去了？」

說完，二紫名才放開手。手放開得突然，女孩們一屁股跌坐在地。

「哎唷。」

「哎唷。」

她們雖然氣得鼓脹了臉，仍乖乖把手伸進袖兜。下一瞬間，兩個小拳頭朝我一伸。

「你們說的器具，是這個嗎？」

「這個嗎？」

說著，兩人同時張開手。手心上分別是綠色和藍色的球體。雖然沾了點髒污，也有幾條刮痕，但仍不減光彩。毋庸置疑，就是彈珠汽水瓶裡的彈珠。

「對、沒錯！能不能還回來呢？」

聽我這麼一說，兩人抿嘴笑了。

「那麼，人類姐姐。」

「姐姐。」

「只要妳分辨得出我們兩個，就把這個還給妳——」

「還給妳——」

——欸……分、分辨？

無視我的困惑，其中一個女孩把彈珠交給另外一個。現在拿著兩顆彈珠的，是主要負責發言的那個女孩。兩人看我不停眨眼，再度露出微笑，接著……開始在我身旁高速打轉。

「咦……等一下啊！」

這麼一來，我怎麼搞得清楚彈珠在誰手上呢？

「才不等呢。」

「不等呢。」

兩人已經快得連身影都看不清楚，只聽得見她們愉快的聲音。好不容易停下來，我早就分不清誰是誰了。

「呃……呃……所以只要我說中彈珠在誰手上就行了，對嗎？」

我這麼問，兩人同時點頭。

……這下糟了。只要聽說話方式，應該就分得出誰是誰。所以，我本來打的是讓她們開口回答的主意，看來好像被識破了，她們硬是保持沉默。

「二……二紫名……」

朝二紫名投以一瞥。既然他認識這兩個小女孩，分辨誰是誰對他來說，應該很簡單吧。可是，本該跟我站在同一陣線的他，卻不知為何只是笑嘻嘻地看著我。從這反應看來，這人肯定在看好戲。

儘管不爽，也只能在心中複誦「冷靜、冷靜」。為了拿回記憶，盡早和這隻狐狸分道揚鑣，無論如何都要想辦法拿回彈珠才行。

我凝視眼前的兩人。無論服裝或長相，乍看之下就像同一個人。但是，一定有哪裡不同，一定有什麼才對……

我游移不定的視線，像被什麼吸引似的，朝同一個地方集中。是那漂亮的藍色與綠色的——

「啊……我知道了！」

「嗚！」

「嗚！」

我情不自禁大喊，把兩人嚇了一跳。她們睜大雙眼，而分辨兩人的重點就在這裡。我記得，主要負責發言的那孩子的眼珠，就像兩顆非常漂亮的藍寶石。換句話說……

「彈珠就在妳手上。」

我溫柔撫摸藍寶石眼珠女孩的頭。於是，她睜大那雙亮晶晶的眼睛說：

「姐姐，妳好厲害！以前從來沒有人分清楚過！」

「好厲害！」

兩人激動讚嘆，把彈珠遞到我眼前。終於拿到了，祖母供奉給神明的器具。這下……這下終於能解脫了……我以為。

「還沒。」

才剛鬆了一口氣，一直不說話的二紫名突然開口。那強硬的語氣，令原本和諧的氣氛徹底凍結。

「什麼還沒……」

「笨蛋，緣大人給的提示是『發出七彩光芒的東西』。這裡只有兩顆彈珠，怎麼能算數？」

「說、說的也是……」

二紫名無奈地嘆了一口大氣，緩緩朝女孩們轉身。

「妳們兩個，剩下的器具也還回來。」

面對二紫名毫不容情的這句話，兩人再度石化。握緊拳頭，緊抿雙唇，一個字也不說——這就是兩人的答案。

「……妳們兩個，知不知道自己在做什麼？」

兩人依然堅持不說話，取而代之的，是落下寶石般的大顆淚珠。淚水一滴一滴落在地面又消失。

「妳們兩個！」

「等一下！」

二紫名怒吼的同時，我也大叫了。他和兩個女孩都睜圓了眼睛望向我。

「她們這麼做一定有什麼理由。噯、二紫名，我們先問清楚嘛。」

聽到我這番話，女孩們才像潰堤似的訴說起來。

「因為、因為……緣人人明明答應過要幫我們取名字的！」

「答應過的！」

滴滴答答，淚水不斷滾出眼眶。

「明明答應過，卻一直不幫我們取嘛！」

「嘛！」

接下來，兩人齊聲哭號，都聽不清楚她們說什麼了。

等她們哭了好一陣子，又吃完當點心的小饅頭後，總算才恢復冷靜。結果，小饅頭還是慌了手腳的二紫名給她們吃的。

「……所以？妳們的意思是，只因緣人人不幫妳們取名字，就把器具給偷走？」

「又不是故意偷的！」

「的！」

「只是想借一下而已……因為真的很漂亮啊，不是嗎？」

「嗎？」

「放在手心滾動，就會閃閃發光。」

「發光。」

「再說，都是緣大人不好！誰教祂不遵守承諾嘛！」

「嘛！」

她們倆吱吱喳喳，就像兩隻吵著要吃飼料的小鳥。好不容易說完了，又啃起當點心的小饅頭。這時，我趁機提出從剛才就一直好奇的疑問。

「噯，『沒有名字』是什麼意思？」

回答這個問題的不是她們，而是二紫名。

「沒有名字，就是字面上的意思啊。」

「為什麼？二紫名不就有名字？」

「……我是『緣門下』，換句話說，是緣大人的徒弟，所以我有名字。這兩個傢伙不是徒弟，所以沒有名字。就這麼簡單。」

總覺得難以理解。為了沒有名字的事哭成這樣的她倆實在太可憐，也太令人感到不捨了。不過，一如人類有人類的規矩，妖怪一定也有妖怪的規矩吧。

話雖如此，不就是名字而已嗎，幹嘛不幫她們取呢。一股難以言喻的憤憤不平在我心中打轉。回過神時，話語已經衝口而出。

「我……我來幫妳們取名字！」

說完才發現大事不妙。說不定，「名字」對妖怪來說，其實是非常重要的東西？重要到必須由神明授予，不是我能輕易開口說要幫忙取的吧？再說，我這個陌生人劈頭就要幫她們取名字，會不會讓她們不開心？這些事一思考起來就沒完沒了。

明明不熱，汗水卻不斷噴發。正當我不知所措時，她們睜著發亮的眼睛這麼說：

「姐姐，妳真的可以幫我們取名字嗎？」

「──嗎？」

出乎意料的，她們並不太排斥把名字交給我來取。實際上，還殘留著淚痕的臉上，已經露出掩不住的笑容。兩人分別勾住我的雙臂，蹦蹦跳跳起來。

「名字，趕快！」

「趕快！」

不知何時，她們屁股附近長出了尾巴。連尾巴繞著圓圈搖擺的節奏都一模一樣。

「呃……我想想……」

「好興奮！」

「好期待！」

這下傷腦筋了。雖然是我主動提議，到底該幫她們取什麼名字才好呢？妖怪的世界也有特別流行的名字嗎？一邊思考，一邊輪流打量她們兩人。主要負責發言的那孩子有雙藍寶石色的眼睛，模仿她說話的那個孩子眼珠則像綠寶石，這樣的話——

「妳叫『小青』，妳就叫『小綠』……如何？」

「我是……小青……？」

「我是……小綠……？」

兩人面面相覷。

該不會是不喜歡這名字吧？不過，是我擔心太多了。兩人像是兩朵盛開的向日葵，露出今天最棒的笑容。

「姐姐，謝謝妳——！」

兩個女孩高興得發出歡呼，我卻感到一股來自身旁的莫名壓力。好啦好啦，知道了啦。

「……那麼，姐姐已經幫妳們取名了……是不是可以歸還所有器具了呢？」

我代替二紫名這麼一說，小青和小綠立刻展現和剛才完全不同的態度，二話不說就答應了。

「等一下下喔！」

「下喔！」

兩人同時雙手合掌。一眨眼，小青與小綠外表都變成了野獸，有著和原先頭髮一樣顏色的一身亞麻色長毛。那英姿煥發的姿態完全就是——

「……是狗吧？」

「狛犬啦。」

不不不，這怎麼看都是狗啊。而且還是那種可愛型的小狗。狛犬不是應該更……更有威嚴才對嗎？

「汪、汪、汪！」

「汪！」

連叫聲都像狗。只見兩人全神貫注地挖掘地面，不斷前進。難道……不用難道了，應該就藏在那裡吧。這麼一來，真的只能說她們是狗了。

「應該是狗吧？」

「是狛犬。」

二紫名堅持否認。看來，是非得把這兩隻小狗當成狛犬不可了。

就在這時，小青和小綠同時停止動作。「砰」的一聲，兩隻同時變回原本小女孩的樣貌。只是全身上下多了些挖洞時沾上的泥土。

「姐姐，來，這個給妳！」

「給妳！」

從挖出的洞裡拿出來的東西，兩人小心翼翼地交給我。總共有五顆，加上剛才拿到的兩顆，這像是會帶來希望的七顆彈珠，在我掌心滾動成七色的彩虹。

＊＊＊

緩緩暗下的天空中，星星正紛紛探頭。

我一邊小心注意腳下狀況，一邊步下石階。一階一階，慢慢往下走，同時回想著今天發生的事。

最後，交到二紫名手中的七顆彈珠，也透過他送回了緣大人手中。正確來說，彈珠在二紫名碰到的瞬間就消失無蹤。但是，按照他的說詞，那就是「送回去了」。

小青和小綠抓著我的雙臂不讓我回家。直到我說「下次再來玩」，她們才心不甘情不願地放棄。笑著說「她們已經這麼黏妳啦」的二紫名，態度還是那麼可恨。

二紫名快步向前，像是一點也不在意微暗的天色，我叫住他：

「為什麼是彈珠呢？」

過了一會兒，他才轉過頭說：

「真不知道君江到底在那間柑仔店買了多少彈珠汽水呢。」

這句話，讓我想起上次小町說的事。

『就是紫色，怎麼樣都找不到！』

「……我想，她應該買了很多很多。」

「那時妳還是個小孩子，喝不了多少汽水吧？君江自己又已經上了年紀，也不會愛喝碳酸飲料這種東西。」

眼前浮現祖母小口啜飲其實不愛喝的汽水的模樣。

「總覺得，好過意不去……」

「為何？」

「什麼為何？」

要不是我吵著要玩彈珠，祖母就不用拚老命買那麼多汽水了。

「看來妳根本就還沒長大。」

「啥？你瞧不起我喔？」

我生起悶氣，想都沒想就往下跑。與下山的太陽反方向的那側天上，冉冉上升的月亮看著我們。

「君江是自己高興那麼做的啊。」

就在我下到視線正好與二紫名齊高的地方時，他這麼說。

「田中奶奶不是說了嗎？君江原本一直煩惱該買什麼給妳玩。這種時候，妳開口要求玩彈珠，君江應該很開心吧。」

「……是、這樣嗎……」

「所以她才會拚了老命買汽水蒐集彈珠啊。祖母這種生物啊，有時就是會做這種事。所以——」

不像平常那樣咧嘴笑得不懷好意，這時的二紫名露出溫柔的微笑。彷彿春天的月亮。

「不要說『過意不去』，要『心懷感謝』才對。」

——不甘心。沒來由的不甘心，使我噙住嘴唇。因為不想被二紫名看見自己這樣的表情，我繼續往下走，越過他身旁。

要是記憶還在，事情會不會有什麼不同呢？說不定，就可以在祖母過世前向她說聲「謝謝您」了。

可是，這種事想了也沒用。

「——啊。」

忽然之間，我想起一件重要的事，一個轉身改變方向。

「噯、記憶！我已經幫忙拿回器具，該把記憶還給我了吧！」

「啊？」

「『啊？』什麼『啊？』！你不是答應過我！」

二紫名再度咧嘴露出奸詐微笑。我心中只有不好的預感。

「什麼時候說過器具**只有一個**啦？」

太陽已完全下山，月亮支配了世界。在這樣的世界裡，我氣得全身發抖。

「……你、你、你說什麼？」

「接下來也請多關照嘍，八重子。」

站在完全暗下的神社入口，為了不吵擾到附近人家，還得盡可能放低音量的我真可憐。

神明啊，緣大人啊，求求您，能不能想辦法管管這隻狐狸！

參　睡眠不足的烏天狗

現在，我正陷入強烈的猶豫之中。說是有生以來最猶豫也不為過。話雖如此，若問我第二猶豫的事是什麼，倒也答不出來。

在我身旁，對一切還一無所知的小町一邊哼歌，一邊拿出櫥櫃裡銀色的不鏽鋼調理碗。要是把這件事告訴她，她會有什麼反應呢？光想就令我不寒而慄。

該說嗎？還是不該說？猶豫了三分鐘，我決定把「事實」告訴小町。畢竟，我們是朋友啊。小町一定願意聽我說，也一定會原諒我。

「噯、小町……」

我的聲音變小了。

「怎麼啦？小八。」

小町停下正在篩麵粉的手。察覺我不太對勁，她用擔心的眼神窺看我。

——還是得說出來才行。剛才不是已經決定要說了嗎？說吧，快說啊，八重子！

猛吞一口口水。制服下汗水直淌。我顫抖的手邊，是打好的雪白蓬鬆鮮奶油。這次的罪魁禍首，還四平八穩坐在調理台上，我之所以把事情搞砸，都是這傢伙害的啦。

深吸一口氣，我緩緩開口：

「我把打鮮奶油用的砂糖拿成鹽了……！」

小町眨了好幾下眼睛，接著回應「什麼啊？就這點小事」。

「不、這可不是『一點小事』吧？鮮奶油都不能用了啊！」

「沒事、沒事！就算不放鮮奶油，這也已經夠好吃了啦。」

小町嘻嘻笑著攪拌手邊的麵粉，現在的她看起來就像（打扮很浮誇的）天使。

「抱……抱歉……」

唉，這真是我人生最大的污點。平常完全不下廚的事，一定也被她看透了吧。可是，這一切都要怪鹽，誰教它一臉「我就是砂糖」的模樣，大剌剌坐在調理台上啊。

「小八，妳真的完全不會做菜耶……」

用熟練動作預熱烤箱的小町傻眼地說。也不用強調「真的」吧。

現在是放學後的時間，我們兩人所在的地方則是家政教室。結果，被小町以「會下廚的女生很受歡迎喔」、「還可以吃到好吃的東西」等言語說動，拗不過她的我也加入了家政社。

值得紀念的第一道料理，就是這個抹上滿滿鮮奶油的杯子蛋糕。是說……現在沒有鮮奶油可抹了。

「不過沒關係！沒有鮮奶油反而比較方便帶回家嘛。」

小町勉強打了圓場。包括上面裝飾用的巧克力在內，她一個人做出了完美的杯子蛋糕。

我沒想到小町手藝這麼高超。平常都裝著野獸般長長的假指甲，只有在社團裡烹飪時，一定小心翼翼取下。她說自己平常在家就會和家人輪流下廚，簡單的菜餚甚至不用看食譜也做得出來。

人真是不可貌相。正當我放空想著這些有的沒的，耳邊傳來烤箱「叮」的聲音。杯子蛋糕好像烤好了。

「哇，好香。」

「嗯，烤得很成功呢。」

打開烤箱，映入眼簾的是高高鼓起，烤出金黃色澤的四個杯子蛋糕。

「嗳，我剛才就想問了，為什麼是四個？」

「嗯——？」

「只有我和小町要吃的話，兩個就夠了吧？」

一開始動手做的時候，我就產生了這個疑問。材料費得自己出，一次也做不了太多，而且明明原先還在說，只要做我們自己吃的份就好。

「一個要給昴！我再拿去給他喔。」

「咦？當然好……可是，那另外一個呢？」

我這麼問，小町朝我堆出滿臉近乎假笑的笑容，又忽然湊上來，在我耳邊輕聲細語：

「這個就讓小八拿去給妳**在意的人**吧。」

「咦……咦？」

我驚訝地盯著小町，看她的表情，這話不像是在開玩笑。

「等、等一下啊小町，什麼在意的人，我哪有──」

「怎麼可能沒有？最近的小八，不但每天都容光煥發，一放學還立刻跑掉，超有問題的啦。」

「不、那是……」

那是為了去等緣大人給第二個提示……這話我就算撕裂了嘴也說不出口。見我欲言又止，小町戳了戳我的側腹說「看吧」。

「那就這麼決定嘍，來小八，這給妳。」

小町把兩個仔細包裝過的杯子蛋糕塞給我，我只好小心翼翼拿在手上。

說什麼在意的人……──

瞬間，腦中浮現的是身穿淡紫色和服，有著一頭白髮，笑起來總是瞇細了眼睛……豈不是那隻白狐二紫名嗎！……不不不、不可能！為什麼這種時候腦中會浮現那隻狐狸的臉啦。我一定有什麼毛病。

拍打臉頰，視線落在眼前打上粉紅蝴蝶結的杯子蛋糕，不禁輕聲嘆了口氣。

結束社團活動後，沐浴在燦爛陽光下的我，一個人踏上回家的路。還以為加入社團就能跟小町一起走路回家，她卻用意有所指的笑容留下一句「我還有事」就跑了。真不知到底在打什麼主意。

沿路種植的櫻花樹，已經有三分之一開始落花。每當風一吹過，花瓣翩翩飛舞，這幅景色實在太美，我情不自禁停下腳步。抬頭望見粉紅色的花瓣時，再怎麼不情願也難免想起打上粉紅蝴蝶結的杯子蛋糕，連提在右手上的紙袋都跟著沉重起來。乾脆全部自己吃掉好了。正當腦中閃過這個念頭時——

「妳在那裡幹嘛？八重子。」

聲音從天而降，我猛地回頭。一路走來都在恍神，不知不覺已經來到神社前了。一如所料，說那句話的人站在鳥居前，笑得一臉不懷好意。是二紫名。

二紫名緩緩走下石階，來到我身邊。光是這樣而已，他身上特有的金木樨香氣就撲鼻而來，令我心跳加速。

——不不不！我只是因為二紫名突然出現，被嚇到罷了。

「沒幹嘛啊，正在走路回家。」

「是嗎？還以為妳在這裡等我呢……」

「怎麼可能！是說，你怎麼每次都這樣突然冒出來啊。」

二紫名這傢伙，果然不管做什麼都教人火大。突然冒出來，大剌剌地踩進我心裡。他說話的語氣，總是使我情緒起伏。

「話說回來八重子，那是什麼？」

「咦？這個……喂、你幹嘛！」

瞬間，二紫名輕巧搶走掛在我右腕上的紙袋，一臉疑惑地打量袋子裡的東西。

——拿去給妳**在意的人**吧。

小町的話在腦中打轉。都說不是那樣了——愈這麼想，臉就愈是紅起來。

「什、什麼都不是啦！還給我！」

我急忙伸長手，二紫名卻故意捉弄人，把袋子舉得老高。這麼一來，我就沒辦法拿回紙袋了。雖然不甘願，但也只能投降。

輕鬆閃過我，二紫名從紙袋裡拿出**那個東西**。杯子蛋糕造型可愛，拿在他手上一點也不搭。

「這什麼？」

「啥？欸？什麼什麼……就杯子蛋糕啊……」

我尷尬地別開視線。拜託什麼都別說了，快放回袋子裡去吧——心中這麼祈求。然而，他當然不可能實現我這個願望。

「蛋糕……是吃的嗎？」

「對啊……嗳、嗳，可以還我了吧？」

我這句話，令二紫名皺起眉頭。

「為何？這不是要給我的嗎？」

「什麼啦！怎麼會是！這是……我、我自己要吃的——」

「妳一個人吃兩個？」

「對啊，不行嗎？」

「兩個都吃會胖喔。」

「少、少囉唆！」

這隻狐狸真的很沒禮貌。就算狠狠瞪他，他也無動於衷，甚至湊到我的臉旁邊輕聲說：

「不能給我嗎？」

他低沉的嗓音在耳邊迴盪，內心深處緊緊糾起，差點忘了呼吸……

「好、好、好啦！給你就是了，別靠這麼近！」

聽了這句話，他才立刻把臉拉開。我大概已經滿臉通紅了。二紫名對這樣的我笑著說「誰教妳不早點乖乖承認」。

「這是妳買的嗎？」

「怎麼可能。外面賣的應該烤得更漂亮吧。」

我把頭轉開，一邊想著二紫名手中那歪七扭八的杯子蛋糕。早知道要給他，就該再做得更漂亮一點。

「是喔，那這是八重子做的嘍？」

他這麼嘟囔，似乎很開心地把蛋糕放進和服袖兜。一旁的我，忽然想起某件事。

「那個先不說，你來找我，應該有什麼事吧？」

前幾天，我幫他找出了這座神社供奉的神明緣大人「創造神力的器具」。還以為這麼一來，終於能取回我的記憶，也能跟這隻狐狸說再見了。沒想到，他居然說器具不止一個。簡直就是詐騙。

找尋下個器具的提示是什麼？他今天來，應該是為了說這個吧。然而，二紫名卻露出「妳在講什麼？」的表情裝傻。

「下、一、個、提、示、啊！不是要去找器具嗎？」

「喔……那件事啊。還沒辦法去找耶。」

「啥？」

「緣大人很忙，還沒空寫便箋給我。所以今天無法去找。」

二紫名說得若無其事，我只想吐槽「有必要特地寫在便箋上嗎？」

「……那就算了。反正我明天也要去參加宿營，不會見到你。」

「宿營？」

「名為交流宿營的淨山宿營。聽說每年這個時期，我們學校的一年級學生都得去山裡參加這個宿營。」

我指著學校後方聳立的大山。那是這附近最高的山，只要爬到山頂，就能將能登的景色盡收眼底。

儘管說是「淨山宿營」，做的事倒不只有撿垃圾。除了自由時間，學校還安排了說好聽是登山健行，實質上沿路撿垃圾的行程。只是聽說步道爬起來很吃力，以「宛如地獄的淨山宿營」聞名。

當然，這些事我原本並不清楚，全都是小町跟我說的。

「那座山……」

二紫名喃喃低語，又歪著頭像在思索什麼。好一陣子就這麼動也不動，不知想到了什麼，忽然從懷中拿出一個小東西。

「八重子，拿去，護身符。」

說著，他把東西塞到我手裡。那是個沒有任何圖案的白色護身符，散發淡淡金木樨香氣。是二紫名的、味道——

一旦意識到這點，臉頰就開始發燙。才不是呢，二紫名的味道跟我無關，絕對不是那回事。

「我、我不需要護身符啊？」

好不容易擠出聲音，說出口的卻是這種拒人千里之外的回應。不過，二紫名像是並不在意。

「這是為了預防妳被妖怪盯上，要好好帶在身上喔。」

「咦……？盯上是什麼意思？」

「那就這樣嘍八重子，我還有事要忙。」

「欸？等一下啦！講清楚，怎麼回事？」

我像壞掉的唱機，不斷跳針問「怎麼回事？」二紫名什麼都不說，只是咧嘴一笑，揮揮手就走了。重要的事都不告訴我，這傢伙真傷腦筋。

「預防妳被妖怪盯上」。

這句話讓我心情一口氣盪到谷底，用天氣來形容就是下起大雨。兩天一夜的宿營，最好什麼事都別發生……

＊＊＊

「受不了，我要休息！」

炙熱的陽光，貨真價實的夏日，以及長袖體育服。面對這一切惡劣的環境條件，不只小町，連我都想大喊吃不消。現在終於能夠體會，為什麼會說這是「宛如地獄的淨山宿營」了。

「休息一下吧，小町。正好也中午了，不然來吃便當？」

昴從後背包裡拿出塑膠墊，在健行步道外圍找了一片空地鋪上。準備周全的昴，帶的是能讓三人一起坐上去的一大張塑膠墊。

「話說回來——」

拿毛巾擦拭黏膩的汗水，我看著地圖說：

「這條步道到底有多長啊……」

附近豎立的標示牌上寫著「Ⅰ・12」，我在地圖上找到一樣的標示，現在位置竟然還不到這條漫長健行步道的一半。

沒錯。所謂的「宛如地獄的淨山宿營」，就是要沿著這條彷彿無止境蜿蜒山中的步道一邊上山，一邊撿拾路上的垃圾。因為是健行步道，基本上確實有開了一條路，但這條山路起伏未免太大了吧！此外，學校老師只會駐守在起點、終點和幾個重要地點，不跟我們一起爬山。

原本以為「地獄」只是誇張的說詞，沒想到真的這麼累人。

「可是，這項例行公事明年好像也要消失了。這麼一想，又覺得有點捨不得呢。」

昴低聲感嘆，小町也表示贊同。看來，只有我不知內情。

「消失？為什麼？」

是不是有學生發起罷工抗議呢？我這麼一問，昴和小町就用為難的表情面面相覷。

「去年底展開的一個開發計畫，說要把這座山砍掉一半，開拓成新興住宅區。妳應該也知道吧？最近山的那一頭蓋了一棟購物中心的事。那好像也是配合這個開發計畫才蓋的。」

這麼說起來，當初剛搬來時，似乎有聽父親說過這件事。我才在想說哪有什麼購物中心！原來是在這座山的另一頭啊。

「這個鎮上的人，大家都很喜歡這座山，所以反對開發計畫……可是，進入今年後，工程終究正式展開了。等到明年，這條健行步道大概只會剩一半吧……」

昴微微一笑，一層悲哀的陰霾蒙上他的臉。

從小到大熟悉的山林即將消失。這是什麼感覺，我不知道。不經意抬頭仰望群樹，從天灑落的陽光，透過清新嫩綠的樹葉縫隙流瀉，在地面上映出斑點般的樹蔭。鳥兒們唱著戀歌，湧泉發出潺潺流水聲，空氣乾淨得教人情不自禁深呼吸。毋庸置疑，這座山活著，具有生命。

這個鎮上的人，大家都在這座山上留下了許多回憶吧。這裡一定有著他們和家人、朋友或戀人來訪時無可取代的瞬間。

「一定會很捨不得。」

我情不自禁脫口而出。才剛搬來不久的我，用自以為理解的口吻說這種話或許失禮，可是，我無法不這麼說。

「嗯，捨不得……可是也沒辦法……是說，氣氛都被我破壞了啦。來，大家吃便當吧！」

昴打開便當盒，盡可能裝出開朗的語氣。聽他這麼一說，我和小町也各自打開自己帶來的便當。

「小八，妳今天的便當，該不會是自己做的？」

「嗯……算是啦。」

話雖如此，只不過是把兩顆飯糰、水煮綠花椰菜、維也納香腸和煎蛋捲塞進便當盒裡而已。唯一稱得上親手做的煎蛋捲甚至有一半焦掉，形狀也捲得很難看，只能勉強辨識出是煎蛋捲。

「做得很好啊！呃……這個煎蛋捲就煎得很漂亮嘛？」

小町這句打圓場的話，反而深深刺傷我的心。偷瞄一眼她的便當盒，精美得像直接從食譜裡拿出來的。我大受衝擊，該怎麼說才好、該怎麼說才好……

「我真沒女人味。」

本來只是自言自語，但好像被他們兩人聽見了，視線還正好和莫名笑得若有深意的小町對上。

「怎麼？小八，妳希望自己有女人味嗎？啊、是不是昨天發生了什麼好事？」

「好事？哪有……」

「欸？可是妳把杯子蛋糕給人了吧？給誰啦？對方說了什麼？」

確實是給人了。給是給了，這件事和我想要有女人味有什麼關係……應該無關才對啊。

見我為之語塞，小町不知誤會了什麼，眼神一亮：

「咦、咦、咦！果然對方說了什麼嗎？那後來呢？」

她略顯激動，聲音也比剛才大了點，就在這時——

「吵死了！」

耳邊傳來一個陌生男人的怒吼。

這附近只有我們三人，沒有其他成群結伴的同學。那麼，剛才那聲音是誰？我們三人東張西望，卻沒看見半個人影。

「你們在看哪裡，這裡啦，這裡。」

朝聲音的方向轉頭一看，瞬間，伴隨著沙沙的聲音，有**什麼**從樹上落下。一大團黑色的東西。我花了幾秒鐘才理解，那團東西是個人。

畢竟那人從頭到腳穿了一身黑啊。是個身材修長的青年，年紀大概和二紫名差不多。墨黑色的瀏海底下，露出神情慵懶的灰色眼珠和白皙肌膚，是他身上除了黑色之外唯一的顏色。不只如此，今天這麼炎熱，他竟然還穿了一身隆重的和服。

「好不容易終於可以舒服睡上一覺，你們在吵什麼啦！」

青年不悅抱怨。灰色眼珠瞪著我們，看似打從心底厭煩。

「睡、睡覺……睡在樹上嗎？」

「當然啊，說什麼廢話。」

不、這一點也不理所當然好嗎？

脫離現實的外表、話中帶刺的語氣，這些特質都使我產生不妙的預感。說不定，他就是二紫名口中的妖怪。我定睛打量青年，但實在無法做出判斷。話雖如此，大白天的，一個普通人類穿一身黑色和服睡在樹上的機率有多高？

青年目光從頭到腳掃遍我們三人後，朝我這邊逼近一步。

「怎麼，妳手上拿的東西看起來滿美味的嘛。」

說著，突然從我便當盒裡抓起一個飯糰。

「喂、你幹嘛……那是我的——」

我急著伸手去拉青年的手臂，卻被他輕鬆閃過。然後，他居然就把那個飯糰給吃掉了。

只見青年一口將飯糰塞進嘴裡，一邊咀嚼，一邊瞇起眼睛說：

「比看上去的還好吃啊。」

「喂！你！等等，你這人怎麼這樣！」

好不容易抓住青年的手腕，摸到的皮膚卻是觸感冰涼。我大吃一驚，瞬間說不出話來。青年從旁瞥我一眼，微微揚起有著薄唇的嘴角。

「唷……？妳在我面前還能這麼凶狠，不錯喔。叫什麼名字？」

「咦……？八、八重子……」

「嗯哼，八重子啊……」

青年從頭到腳仔細打量我，接著又是滿臉笑容。

「我喜歡妳！八重子，從今天起，妳就是我老婆了。」

——欸？他說什麼……？

眨了幾下眼睛，一片空白的腦中重複他說的話。老婆，難道是指那個**老婆**嗎？

要我做這個人的老婆……——？

「我、我才不要！」

猛地回神，急忙這麼反駁。憑什麼我非得做這個可疑青年的老婆不可啊，更何況我們才第一次見面。

似乎對我的拒絕感到意外，青年歪著頭問：

「為什麼？我都說要娶妳了，正常人不是應該很高興才對嗎？雖然以外表來說……妳還要**再長大點**才符合我喜好就是了。」

「什……！沒、沒禮貌！總之我不要！」

「好啦好啦，我知道啦，妳這就叫做『害羞』對吧？」

「才、才不是呢！」

無論我怎麼拚命喊叫，青年也只覺得有趣，嘻嘻笑著看我。沒救了，這樣下去沒完沒了。這種不聽人講話的症頭，愈來愈讓我聯想到某人。這麼說來，眼前的青年果真是……——

「好啦，一直在這耗也不是辦法。快點跟我訂下契約吧。」

於是，青年把臉湊到我脖子旁。事情來得太突然，我全身凍僵般動彈不得。這樣下去我會……才剛這麼想，青年接下來說的話，卻又完全超出原本的想像。

「——好臭！」

「……啥？」

「嗚哇，妳有夠臭！別過來！離我遠點！」

…………呃，我確實流了一身汗，這是毫無疑問的事實。可是，應該沒有臭到得讓人這樣連聲嫌棄「好臭」的程度吧？

再說，指著初次見面的陌生人罵臭，這人會不會太沒禮貌了。

我也有很多話想反駁，但那些話語只是浮現腦中，怎麼也說不出口。活像池子裡的鯉魚，嘴巴開開合合，一臉滑稽，拿跟我拉開距離的青年一點辦法都沒有，只能瞪著他看。

「總之，『契約』的事今天就先算了。八重子，妳回家好好洗個澡，把那臭味給我洗掉。」

留下這句話，青年俐落地消失在樹叢間，只剩頭上的烏鴉發出「嘎嘎」叫聲。

「嗳、小町……我很臭嗎？」

茫然站在原地的我惶恐轉頭這麼問。小町和昴嚇得縮在塑膠墊角落。

「沒、沒問題啊！一點也不臭！」

嗯，我就知道小町一定會這麼說。可是，我的心就像被剮過一樣痛。對女高中生來說，被說「好臭」實在是太難受了。

「小八……妳好像認識很不得了的人耶。」

昴這麼說。不知是否錯覺，總覺得他的臉頰在抽搐。

「啊、剛才那個人，該不會就是小八在意的人吧？」

就連小町似乎也有點嫌棄我了。

「不是不是！我不認識那個人！」

光是這麼回答就用盡我全身的力氣。結果，那天一整天都能感受到來自小町和昴不尋常的視線。真是的，自從搬來這裡，一下是二紫名，一下又是剛才那個青年，我怎麼老是遇到一些怪傢伙。

＊＊＊

「宿營怎麼樣？」

結束宿營，恢復日常生活那天的放學後，二紫名在神社前叫住我，這麼問。

「……撿垃圾累死了啊。登山健行步道很長，花了很多時間，加上天氣又熱，而且還——」

而且還遇見了一個奇怪的男人。本想這麼說，最後還是算了。總覺得以二紫名的個性，聽了我跟青年之間的對話，一定會巧妙誘導我說出最後被嫌臭的事。到時候他會怎樣嘴角上揚，說些輕蔑的話取笑，我輕易就能想像出來。

不想再受更多創傷的我，決定隱瞞遇見青年的事。

「……而且還怎樣？」

「沒、沒什麼啦。」

「妳遇到妖怪了嗎？」

一針見血。不、不過也不能確定青年是妖怪吧。我從露出狐疑表情的二紫名臉上別開視線。

「不、沒、沒事啊……」

「……算了，反正妳有護身符，應該不會有問題。」

二紫名給我的護身符真的有效嗎？我沒什麼感覺就是了。

出乎意料的，二紫名並未繼續深究下去。接著，他「啊」了一聲，像是忽然想起什麼，瞇細眼睛看著我說：

「對了，上次妳給我那什麼杯子蛋糕的，很好吃耶。」

「什……！」

什麼嘛，忽然若無其事地說這種話，這隻臭狐狸。平常講話那麼沒禮貌，偶爾卻又會像這樣溫柔以對，真是教人捉摸不定。

「那、那就好……」

感覺自己的體溫升高，我仰起頭，極力不讓二紫名察覺這件事。一邊告訴自己，他只是稱讚「好吃」而已，這沒什麼，幹嘛心跳得這麼快。

「……是說，你叫住我應該不是為了說這件事吧？是不是緣大人寫信給你了？」

「嗯？喔！對對對。」

聽我這麼一說，二紫名才開始在懷裡掏摸。太好了，順利轉移話題。

和上次一樣，全白的信封與和紙便箋。看著那個，二紫名說：

「搖籃曲。」

「…………………………嗯？」

「搖籃曲。」

二紫名重複同個單字。只不過把這個詞寫在便箋上，您也花太多時間了吧，緣大人……不對、重點不是這個。

「呃……欸？該不會……只有這樣？」

不會吧？下面應該還有吧？滿懷這樣的期待，等待二紫名的回應。然而，二紫名只是搖頭，把便箋遞給我。

跟上次一樣龍飛鳳舞的筆跡，但只寫著「搖籃曲」三個字。

「搖籃**曲**是怎樣？歌曲這種東西，要怎麼拿來供奉啦！」

「我哪知道，妳問我，我問誰。」

「可是……！」

這次或許真的沒辦法了。才剛這麼一想，二紫名就笑得奸詐。

「那麼，接下來怎麼辦？八重子。」

什麼怎麼辦，只能去找了啊。問題是，這次我真的一點頭緒都沒有。

「總、總之，先去商店街……」

「妳有目標了嗎？」

「是沒有啦……」

丟下笑得不懷好意的二紫名，我兀自朝商店街邁開大步。反正他一定在笑我「只會這一招」啦。我對剛才有點開心的自己感到一陣火大。

沿著同一條路回頭走進商店街，今天也跟上次一樣人多又熱鬧。那麼，這下該怎麼辦才好呢？雖然想跟上次一樣找認識祖母的人打聽，商店街裡的店家實在太多，不知從何下手。

能跟我分享祖母往事，一定得是有點年紀的人。蔬果行的老闆看上去跟父親差不多大，肉鋪的老闆娘則看似比母親還年輕。這樣看下來，商店街似乎正面臨世代交替，意外地很難找到與祖母年齡相仿的人。

「今天光看不練嗎？」

背後傳來二紫名挖苦的聲音。

「吵死了！我正在思考要問哪間店的人啦！二紫名你閉嘴──」

就在我朝二紫名如此吼叫的時候，某處傳來招攬客人的奇怪吆喝聲。

「嘿嘿！那邊那個時髦又青春的超讚辣美眉～要不要來我這喝杯茶？」

我驚訝轉頭，站在那裡的是一位個頭不高的老爺爺。不過，看到老爺爺的外表，我再度嚇了一跳。因為，那位老爺爺穿著黑色坦克背心、寬鬆的短褲，腰上繫了好幾圈金鏈子，頭上甚至斜戴一頂有骷髏頭圖案的棒球帽。

「呃……您是在叫我嗎？」

我低聲問，老爺爺咧嘴一笑。

「這裡還有其他辣美眉嗎？」

我環顧四周。他所謂的「辣美眉」，指的應該是「辣妹」吧？是說，現在哪還有人在用這詞彙的啊……

這個外表相當令人震撼的老爺爺盯著我不放。朝二紫名投以一瞥，他果然又跟上次一樣，堆了滿臉的職業笑容。

「好久不見呢，飯田先生。」

二紫名的人脈果然很廣。

「唷，這不是西名老弟嗎！好久不見嘍，你最近好嗎？」

「託您的福，還不錯。飯田先生看起來也很有精神嘛。」

「呵呵，要是連我都沒精神，這條商店街就要完蛋啦！今天也打算在路上抓個時髦又青春的辣美眉，帶去我店裡玩唷。」

「咦？飯田先生開的不是古董店嗎？年輕女生對那沒興趣吧？」

老爺爺先是豎起食指左右搖擺，嘴裡連聲「嘖嘖」，又指向前方說：

「你太嫩了啦，西名老弟。我早就發現了……辣美眉都喜歡『咖灰店』，所以啊，就把店面改裝成『咖灰店』嘍！」

朝老爺爺手指的方向望去，看見一間外觀老舊的店面。歷經滄桑的招牌上，勉強辨識得出「古董店」的字樣……只是，古董店只有**半間**。

看來，他是將原本古董店的店鋪劃分出一半，用來重新打造成「咖灰店」。古董店這邊裝潢簡單，相較之下，「咖灰店」這邊用了粉紅、藍色和綠色等花花綠綠的色彩，還放了許多擺設。

「如何？很時髦吧？」

老爺爺頻頻點頭，一副得意洋洋的模樣。

然而，就算只是場面話，若說時下年輕女孩會喜歡這樣的咖啡店，我實在難以苟同。和古董店的風格迥異，更加深咖啡店給人的詭異印象。

「咖啡店生意好嗎？」

聽了二紫名這句話，老爺爺搖搖頭。

「完全不行……待在店裡怎麼等都沒人上門，所以我才想說自己上街去搭訕辣美眉嘛。」

垂頭喪氣地說完，老爺爺再次轉向我。

「辣美眉，怎麼樣？去那邊喝杯茶好不好～」

「咦……可是……」

我現在哪有空坐下來悠哉喝茶啊。雖然這個老爺爺看上去跟祖母差不多大，但個性這麼輕浮，怎麼想都不認為他會和祖母有交情。

「辣美眉，妳長得簡直跟我初戀情人一個模子印出來的，我想跟妳聊聊天，好不好嘛～」

「怎、怎麼這樣……二、二紫名！」

我向二紫名求助，他笑著說：

「飯田先生都這樣拜託了，怎麼好意思拒絕呢。這杯茶是一定要去喝的啦。」

沒想到會得到這樣的答案。二紫名這傢伙，到底打什麼主意。

明明應該早點去找器具才對，我卻被老爺爺一把牽起手，帶到「咖灰店」去了。

走進「咖灰店」一看，更覺得這間店根本就是一場災難。整面牆漆成了亮粉紅色，天花板上設置豪華水晶吊燈。最誇張的是不知為何，店裡到處都裝飾著老爺爺本人的照片。

一如老爺爺所說，只有三張桌子的狹窄店內一位客人都沒有。

「飯甜咖啡店……」

我下意識讀出店內菜單招牌上的字。

「很有品味吧？我叫飯田，所以店名就取為飯甜，呵呵。」

老爺爺淘氣地吐了吐舌頭。

話雖如此，菜單招牌上除了這搞怪的店名，其他什麼都沒寫。

「飯田先生，店裡沒有餐點嗎？」

我一邊坐上椅子，一邊問老爺爺。

「餐點？餐點是嗎……」

老爺爺很快地走出店外。不久，又提著一個小紙袋回來。將那紙袋往桌上一放，老爺爺又在我面前坐下。

「餐點就是這個。」

「這是……？」

我這麼一問，老爺爺就露齒笑了。紙袋裡飄出第一次來這條商店街時聞過的美味香氣……難道……？

「鏘鏘！這可是商店街的冠軍美食『能登牛炸肉餅』喔～」

從紙袋裡取出的，是和「時髦咖灰店」完全不搭的平凡炸肉餅。

「呃……這個……是你剛才買的嗎……？」

專程從店裡跑出去買。

「詳情就別問那麼多了，別客氣，快吃吧！」

看著眼前想必是剛起鍋的熱騰騰炸肉餅，我的肚子發出「咕嚕」聲。傍晚這時間本來肚子就很容易餓，怎麼可能戰勝眼前炸肉餅的誘惑。

一邊感受到二紫名壞心眼的視線，一邊聽老爺爺的話，一口咬下炸肉餅。酥脆的聲音中，熱熱的馬鈴薯香氣擴散口中，還不時嚐得到大塊牛肉。口感絕佳之外，肉汁也很豐富。這炸肉餅好吃得超乎想像。

「好好吃……」

「是不是、是不是！只要來『飯甜咖灰店』，每次我都會去買炸肉餅給妳吃的啦～」

才剛這麼說完，老爺爺就急切地緊握住我的手，又以少年般的眼神看著我說

「比起那個——」

「不要叫我『飯田先生』啦……可不可以叫我『阿哲』？」

「……阿？」

——哲？

「看到辣美眉妳啊，就讓我想起小時候的初戀對象……那個人都叫我『阿哲』，好懷念喔……」

說著，老爺爺用雙手摀住臉，肩膀微微顫抖。

「飯、飯田先生……」

「不要……嗚嗚……叫我阿哲……」

「好、好啦，我知道了！阿哲，請別再哭了……」

老人的眼淚為何如此教人心痛呢？可是，老爺爺——不、是阿哲從指縫中露出眼睛，呵呵笑了起來。

「辣美眉心地真善良！」

竟、竟然假哭……！可是，都已經叫過一次「阿哲」了，也不好意思再改回「飯田先生」。

「對了，辣美眉叫什麼名字啊？」

「……我叫圓技八重子。」

總不能一直被叫「辣美眉」，我只好不情願地報上姓名。

還以為會興奮大喊「妳叫八重子啊～」的阿哲，在聽到我說出「圓技」兩個字那一瞬間睜大了雙眼。

「圓技……」

阿哲猛然起身，空出來的椅子整個往後倒。一陣乒乒乓乓的驚人聲響後，又是幾秒鐘的沉默籠罩。

我情不自禁倒抽一口氣。

「小君……」

終於，阿哲這麼輕聲低喃。

「……原來妳是小君的孫女啊……難怪長得那麼像……」

阿哲不斷反覆「這樣啊……這樣啊……」開心地瞇細了眼睛。這時，眼前的他已經不再**時髦又青春**，就只是個上了年紀的慈祥老爺爺。

「您認識我祖母嗎？」

「是啊，何止認識，我和小君還是青梅竹馬呢。」

青梅竹馬——既然如此，他一定知道很多祖母的事，說不定能給我們一點線索。這意料之外的收穫，使我內心暗自振奮。

「那個……請問您能告訴我一些關於祖母的事嗎？什麼都可以。」

「小君的事？」

聽到我沒來由的請求，阿哲先是雙眼圓睜，又立刻笑逐顏開。

「當然好啊，好久沒跟誰聊聊往事了，我正想找人說說話呢。」

阿哲重新坐回椅子上，一臉懷念地講起從前的事。

「第一次見到小君，是我十一歲的時候。那時，小君十三歲。雖然只差兩歲，看在當時的我眼中，她已經像個成熟的大人了。」

阿哲用那超有親和力的笑容說「氣質就跟現在的八重子差不多」。已經快要滿十六歲的我，不由得一陣苦笑。

「在能登島的海裡游泳時，有人對我喊了好幾次『危險』，那個人就是小君……其實，被她的叫喊聲嚇到，我才真的差點溺水呢。」

回憶起當年往事，阿哲忍不住噗哧一笑。

「那時兩個人真是笑了好久……之後，我們就總是玩在一起了。說是這麼說，其實是我老追著小君跑而已啦。也經常兩人一起去祿剛崎的燈塔那邊玩喔。天氣好的話，隱約能看見遠方的佐渡島，那景色可真是美呢。千里濱也是我們常去的地方，妳知道嗎？海邊的沙灘上，汽車能在上面跑。」

閉上眼睛想像。十一歲，還是個調皮搗蛋的小男孩吧。那個在能登的自然景觀中雀躍歡鬧的青澀少年，視線總追隨著另一個老成的女孩。

看到阿哲瞇起眼睛，彷彿看見什麼耀眼的事物。這時我終於明白，他在聊的是一段戀情——

「阿哲，你喜歡我祖母啊？」

「呵呵，她是我的初戀。」

「那你有把心意告訴她嗎？」

二紫名從旁提出疑問。祖母和祖父結了婚，由此可知，阿哲的戀情當然並未修成「婚姻」形式的正果。

聽到二紫名這麼問，阿哲雙手一攤。

「哈哈哈，哪裡沒有，我十戰十敗了啊，十連敗。小君每次都說她只把我當朋友。」

「十、十連敗……」

「每次我告白，小君就會慎重地拒絕……現在回想起來，小君真的很善良。其實她也可以把我推得遠遠的，但她沒有那麼做。從中間開始，我都已經抱著明知會被拒絕的心情去告白了。」

感慨地喃喃低語，阿哲緩緩起身。接著，他走到店內最後方，從牆上取下一張照片拿過來。

「正好第十次告白的時候，我卯足了勁，心想這次一定要成功，在戀路海岸邊，趁夕陽下山那一瞬間告白。見附島……我們都稱那座島叫軍艦島，被夕陽染成了美麗的紅色，氣氛非常浪漫。可是，聽了我的告白，小君卻說她要結婚了——『所以很抱歉，以後不能再聽阿哲告白了』，我到現在還記得小君這麼說的時候，那一臉歉意的笑容。」

阿哲一邊說，一邊把照片放在桌上。那是一張陳舊的黑白照片，上面映出身穿白無垢禮服的女人。她有著形狀優美的嘴唇，微笑時眼神很溫柔，是個美女。

「這該不會是……」

「對，就是小君喔！然後這個是我。」

阿哲指著照片中站在女人身旁，鼓著腮幫子的青年。

「呵呵……阿哲在生悶氣。」

「這是婚禮那天，我拜託小君，請她跟我拍一張合照。小君實在太美了，我分不清自己是開心還是難過，一陣沒來由的火大，沒辦法好好笑出來……」

照片裡只有祖母和阿哲兩人，沒拍到祖父。

「有沒有其他拍到我祖父的照片呢？」

祖父年輕時就過世了，我從不知道他長什麼樣。事實上，連他的親生兒子，也就是我的父親都不知道。父親說，家裡沒有祖父的照片。

「很遺憾，沒有呢。阿清不喜歡拍照，也堅持不讓小君拍他……不過，我記得很清楚喔！阿清身材高䠷，連我這個男人看了都覺得帥。那雙泛綠的眼珠可真是漂亮啊。甚至會想，小君既然是被他搶走的，那我也無話可說。真的是個很棒的男人。」

說著，阿哲朝我眨了眨眼，我們笑了一下。

歡樂時光一眨眼就過了，店裡也默默被夕陽染成一片橘紅。該回家了。

可是，我總覺得好像忘了什麼重要的事。對，非常重要的事……

偷看二紫名一眼，他欲言又止，像是想跟我說什麼。什麼呢……「器……具……」？對了！「器具」啦！得從阿哲那邊問出點線索才行。

「對了阿哲！那個，請問祖母她是否喜歡唱歌？有沒有什麼跟歌曲有關的往事？」

自己都覺得這問題沒頭沒腦的，到底在說什麼啊。但時間緊迫，只能直截了當發問了。

聽了我的問題，阿哲歪頭沉吟。

「歌喔……小君喜歡唱歌，也的確經常唱歌，只是若問有沒有什麼跟唱歌相關的往事，倒是想不太出來耶……」

「說、說的也是……」

看來，這次只能聽聽祖母從前的小故事，無法獲得找尋器具的線索了。可是，不知為何，我一點也不沮喪。

明明不記得任何祖母的事，像這樣聽到她年輕時的小故事，還是很有親近感，彷彿祖母就在身邊。而這不知為何讓我很高興。

「阿哲，我差不多該回家了。謝謝您跟我分享這些。」

我點頭道謝，從位子上起身。朝身旁的二紫名一看，他正擺出可恨的笑容，像在說「真可惜」。

「喔、喔，八重子，妳要回去啦？好捨不得喔……對了！回去之前，要不要看看我店裡的古董？要是有喜歡的，妳也可以帶回去喔！」

「咦？咦？」

「好嘛、好嘛。」

阿哲一把抓起我的手，不由分說地拉住。那力氣比想像中還大，我只好任由他拉著我走出咖啡店。

和「咖灰店」不一樣，古董店這邊的裝潢穩重大方。垂掛在天花板下的古董吊燈散發溫暖光芒，溫柔地籠罩整間店。沿著奶油色牆壁訂製的木櫃環繞店內一周，上面擺放古色古香的餐具、陶壺，以及各種不明用途的器具。靠近仔細一看，每樣東西都價格不菲，我不由得擔心起古董店也和「咖灰店」一樣，恐怕沒什麼客人上門。

「如何？有沒有時下辣美眉中意的東西啊？」

阿哲用期待的眼神盯著我，我心中拉起了警報。這下，要是不對某樣東西表現出興趣，我可能回不了家了。

「我、我想想看喔……呃……」

在店內繞著圈圈踱步思考。假設他真的打算送我什麼，或許應該盡量挑價格便宜的才好。

「……咦？」

正當我一心想找尋店內最便宜的品項時，忽然發現，離入口最遠的一座櫃子上，放著沒有標價的東西。可是不管怎麼看，那東西都只是一個長方形的木盒。

「妳喜歡那個嗎？」

背後傳來阿哲的聲音。

「那是音樂盒喔。」

「音樂盒……」

「八重子真有眼光。這音樂盒原本有兩個，其中一個，我送給了小君。」

「送給……祖母了？」

「給我看一下。」

阿哲伸手取過音樂盒，慢慢打開木盒。瞬間，音樂盒中自動流瀉柔和的音色。那旋律，應該沒有人沒聽過吧。

「這是布拉姆斯的〈搖籃曲〉。」

阿哲凝視音樂盒的眼神溫柔。

「小君生產時，我送了她音樂盒當禮物。後來她說，會用那音樂盒哄小健睡覺。」

「爸爸嗎……」

「是啊，還有八重子，妳也是喔！」

「我、我也是？」

突然聽見自己的名字，我嚇了一跳。當年我來這裡時已經七歲了，誰會用音樂盒哄七歲小孩睡覺啊。可是，阿哲咧嘴一笑，繼續說：

「也難怪八重子不記得，畢竟用音樂盒哄妳睡覺時，妳才剛出生不久嘛。」

「剛出生不久？」

「聽說八重子妳啊，和小健一樣，都是很難入睡的小孩。小君跟我說『因為擔心，就把家裡那個音樂盒寄給小健了』。」

我完全不知道這件事。沒想到，祖母從這麼遙遠的地方，掛記著連見都還沒見過的我。

「然後小健就說了，『八重子很喜歡音樂盒的聲音，不分白天黑夜都在聽』，所以，今天八重子註定要選中這個音樂盒。」

註定——

阿哲把音樂盒交給我，木盒拿在手裡沉甸甸的。可是，從這小小的盒子裡，竟然能傳出那麼豐富又纖細的旋律，簡直就是魔法盒。我輕輕闔上蓋子，輕柔撫摸盒身。

「妳帶回去吧。」

阿哲這麼說，我驚訝地看著他。

「不行……太貴重了，我不能收下。」

這東西肯定不便宜。這麼一想，我只能拚命拒絕。可是，阿哲也堅持不拿回去。

「不，我想這個音樂盒一定也希望自己能留在八重子手上。」

「可是……！對了，您送給祖母的那一個，一定還在家裡吧？所以……」

沒想到，阿哲搖了搖頭。

「那一個已經不見了。」

「欸……為什麼？」

「小健把音樂盒還給小君後，好像就不見了……小君自己也從某段時間開始，突然變得連我都不認識……不管問她什麼都答不出來……小君過世後，好幾個人到她家幫忙打掃，但也沒發現那個音樂盒……所以——」

阿哲連同音樂盒一起緊緊握住我的手。他的手很溫暖。

「所以，我希望八重子收下這個音樂盒……拜託了，讓我再送一次禮物**給小君**，好嗎？」

我從阿哲身上感受到堅定的意志，要是我不答應，他一定不會放開手吧。現在的阿哲透過我，看到的其實是昔日的祖母。

我不是祖母，也代替不了她。但是——

「……我明白了，我會收下。」

聽了我的話，阿哲這才露出安心的表情。

收下音樂盒後，阿哲又變回初遇時那個**時髦又青春**的老爺爺。「那我現在要出門去搭訕辣美眉嘍～」這麼說著，口中銀牙一閃，阿哲再度走進商店街擁擠的人群中。

＊＊＊

我和二紫名的影子並肩相映在地上。很快地，這兩個影子也將沒入黑暗之中。

原本這時間我早已該回家。可是，今天傳了「參加讀書會，會晚一點回家」的訊息給母親。至於為什麼要這麼做呢……

「妳也發現了吧？」

走在身旁的二紫名喃喃低語。

「嗯，我想應該是這樣沒錯。」

嘴上說「應該」，內心則是確信。第一個器具，是我小時候喜歡的汽水彈珠。

上面有著與我之間的回憶。剛才聽了阿哲說的話，我在想，這次的器具上，或許有著祖母與父親以及我之間的回憶。

我和二紫名回到神社前。這裡是最少人路過的地方。二紫名確認四下無人後，很快地取出羅盤。

便箋上的「搖籃曲」，指的是會發出「搖籃曲」的器具。之所以突然找不到，一定是因為供奉給神明了。沒錯，那器具就是——

「阿哲給的音樂盒。」

我斬釘截鐵地這麼說。瞬間，羅盤散發耀眼光芒。太棒了，是正確答案！光束鋪成的路筆直延伸，通往比商店街或學校都更遠的前方。距離太遠了，遠到看不清楚。只是，那個方向只會讓我想到一個地方。

「宿營時去的那座山……」

問題是，那座山離這裡很遠。宿營時學校還得專程租借巴士載我們過去。

「只能明天再去了……我來查查，要搭哪班公車才能到那座山附近……」

我正打算從書包裡拿出公車時刻表，二紫名卻抓住我的手腕。

「沒必要，現在就走吧。」

「……欸？咦？現在……要怎麼——」

「妳們兩個！」

我話都還沒說完，二紫名就對著神社境內大喊。一陣風吹過，草木為之搖晃。二紫名聲音所到之處，彷彿連空氣都撼動了。

「才不是『妳們兩個』呢！我們有名字！」

「有名字！」

我還丈二金剛摸不著頭腦，「小青」和「小綠」就出現了。雙手扠腰，怒氣沖沖的兩人，一看到我又開心地笑了。

「小青、小綠……」

「耶！是小八姐姐！」

「小八姐姐！」

兩人掛在我的手臂上，屁股上的可愛尾巴搖個不停。

「就騎她們兩個去。」

「什麼？咦？怎麼回事？」

「小青、小綠，準備一下。」

「是！」

「是！」

小青與小綠元氣十足地回應二紫名，同時雙手合十。瞬間，兩人就變成了前幾天看過的可愛小狗模樣。

騎她們兩個去？不會吧？騎這麼可愛的小狗？絕對不可能。就算騎得上去，我們的重量也會把她們壓垮啊。

「不可能不可能！」

「總之，妳看著吧。」

二紫名這麼說著，咧嘴一笑。

「嗚汪。」

「嗚汪。」

小青和小綠各吠了一聲，用力抖動起小小的身體。亞麻色的美麗皮毛倒豎，眼神變得如猛獸般凶狠。一陣刺眼光芒包圍兩人的身體，接著——

「什、什麼……這是怎麼回事……」

下一瞬間，剛才還在眼前的可愛小狗不見了。沒錯，她們的身體變得巨大，外型正是神社前常見的狛犬。

「好啦，騎上去吧。要好好抓緊，才不會摔下去喔。」

二紫名拉著我，強行讓我騎在小青背上。至於他自己，則一臉若無其事地跨騎上小綠。

「等……等一下。」

緊張和不安使我滲出汗水。

「不能等了，妳也想趕快解決這件事吧？」

「是這樣沒錯……可——哇啊啊啊啊！」

小青突然疾速狂奔，我的腦袋和身體都跟不上。原來這才是真正的她嗎？會不會被別人看見啊？腦中閃過各種思緒，唯一理解的只有一件事，那就是——只要放手，我肯定會摔死。

「呀啊啊啊啊啊！」

小青的速度快得不輸一般遊樂園裡的雲霄飛車。「景色」這個概念已從我腦中消失，強風不斷掃過身體，幾乎到了呼吸困難的地步。

死命摟緊小青的脖子，畢竟我可不想死在這種地方。

才剛這麼一想，小青又倏地停下來，我整個身體順勢向前衝。還差一點就要從她的腦袋旁衝出去了。沒想到，竟然會有用這種方式親身體驗慣性定律的一天。

在這樣的狀態下環顧四周，發現我們似乎已抵達目的地。和白天來的時候相比，山裡顯得更加蒼鬱靜謐，展現了不同的面貌。

「妳沒掉下去啊？」

我還在頭暈目眩，好不容易坐直身體，二紫名那一副瞧不起人似的冷笑表情就映入眼簾。

「我說你啊！事出突然，我可是毫無心理準備耶！」

「那回程應該就沒問題了吧？」

「…………唔……」

為什麼這隻狐狸講話總是怎麼惹人生氣呢？但是，更火大的是，我除了發出「唔唔」的聲音，什麼都無法反駁。氣沖沖地從小青身上下來後，砰的一聲，她又變回原本那個可愛的人類小女孩了。

「小青……抱歉喏，妳有沒有哪裡痛？我會不會太重了？」

「不要緊的！」

小青元氣十足，高舉伸直的右手。

「比起那個，還是趕快去找器具吧。」

看到小青的微笑，我才剛放下擔憂的心，被二紫名這麼一說，心情又緊張了起來。沒錯，這座山裡有偷走器具的妖怪。妖怪。妖怪……

內心產生了一股難以言喻的不妙預感。不會吧……然而，儘管我試著甩頭擺脫腦中的疑慮，隨著光束指引的道路前進，不妙的預感卻愈來愈具體。

是的，我們正在接近淨山時，中午休息的那個場所。

「噯……這、這裡有妖怪嗎……？」

「為什麼這麼問？妳是不是知道什麼？」

何止知道，我就是在這邊遇到那個奇怪男人的啊。但是，就算撕裂了嘴，這話我也說不出口。要是說了，二紫名一定又會針對我隱瞞的事冷嘲熱諷。

「沒、沒、沒有啊——……」

這時，似乎有什麼不太對勁。和樹木沙沙低語的聲音不同，一陣旋律乘著輕柔的風，吹進我的耳朵。這曲子不久前才聽過，不可能聽錯。輕柔可愛的節奏，恬靜而令人眷戀的旋律。這樂曲是——

「搖籃曲……」

是發自音樂盒的音色。我和二紫名對看一眼，朝聲音的方向走去。

憑借淡淡的月光，走在蒼鬱茂密的樹叢間，有時還被腳下的草木絆住腳步。好不容易抵達的地方，果然是中午休息吃便當的那個場所。

「這、這裡是……」

我情不自禁低喃，二紫名故作誇張地嘆了好大一口氣。

「妳果然有事瞞著我。」

「小八姐姐隱瞞了什麼？」

「什麼？」

「欸？不、不是的，什、什麼都沒有……」

我慌了手腳，勉強想找藉口時，頭上傳來聲音：

「吵死了！」

搖籃曲停止，取而代之的是一陣窸窸窣窣的謎樣聲響。幾片葉子落在我臉上，還有——

「咦？這不是八重子嗎？妳這麼快就來見我啦？」

眼前是以優美姿態從樹上跳下的青年，一身黑色的和服與周遭夜色同化。毫無疑問，他就是那個指著我鼻子大罵「好臭」的傢伙。他果然是妖怪嗎——

「嗯？」

然而，青年瞬間皺起眉頭，露出詫異的表情用力抓住我的手。接著，居然湊上來猛聞我後頸的味道。這出乎意料的舉動，使我形同被青年摟在懷中，無處可逃。

「呀啊！」

神明，緣大人……或者應該說二紫名，快來救我啊！一邊這麼想，一邊做出無謂的抵抗時，青年忽然大喊「好痛」，同時將我放開。

無預警獲得解放的我，一個踉蹌跌倒在地。

「痛痛痛……喂、你怎麼忽然——」

摸著撞痛的腰背抬起頭，看見二紫名和青年正互相瞪著對方。

「你想對八重子做什麼！」

「啥？你這傢伙……不是緣那邊的小鬼嗎？我才想問你要做什麼呢！」

瞪視對方的兩個男人，看來不像在開玩笑。氣氛瞬間凝結，兩人散發一股彷彿瞬間就要決定生死的氣勢。

「——話先說在前頭，我和八重子可是『訂過契約』的關係。」

聽到青年這句話，二紫名立刻轉頭，犀利的目光緊盯著我。

「八重子，妳跟他訂了契約嗎？」

「欸？我、我什麼都沒做啊！」

妖界的「訂下契約」是什麼意思，我根本就不知道，但也想起上次在千鈞一髮之際平安脫身的事。話雖如此，二紫名幹嘛這麼生氣啊。

「八重子說她沒跟你訂過契約，既然如此，你跟八重子就一點關係都沒有。別再纏著她了。」

「啥？說這種話的你跟八重子又是什麼關係？」

「關係？我們的關係啊——」

二紫名看了看我，又看了看青年。我心想，反正他一定又會跟平常一樣揚起嘴角，說些惹人火大的話吧。

「二紫名？」

沒想到，二紫名什麼話都沒說。我覺得奇怪，抬頭看他時，發現他不知何時露出了落寞的神情，視線凝望遠方。這異於平時的模樣，使我也不知該說什麼好。

「我們有過約定。」

二紫名這麼輕聲低喃，又緊盯著青年不放。

「從前，我和八重子有過約定。非常非常重要的約定。」

這麼說完，他拍了拍我的頭。看到這一幕，青年狠狠瞪了二紫名。

風靜止了，進入無聲的世界。在這樣劍拔弩張的氛圍下，兩人之中只要有誰先發難，一場激烈的攻防戰似乎就將一觸即發。

這時，我忽然覺得眼前的景物好像在晃動。微微地，不規則地晃動。是地震嗎？還是受他們的力量影響？這麼想著，雙手環抱自己的瞬間，不由得赫然心驚。根本不是那些原因，眼前的景物晃動，是因為我自己在發抖。我慌亂地摩挲手臂。

視線找尋小青與小綠的身影，看見她們躲在草叢下朝這邊窺探，一臉快哭出來的樣子。一對上我的視線，兩人又猛搖頭，彷彿在說「事情演變成這樣，已經沒有什麼阻止得了他們了」。

只能屏氣凝神，眼睜睜看著接下來事情如何發展。就在這時——

先採取行動的是黑衣青年。雙手一拍，以他為中心的四周便突然掀起龍捲風般的風暴。風停之後，他的身影已消失在黑暗中。我抬頭找尋，樹上只傳出拍動翅膀的沙沙聲。這片林子等於是他的庭院吧，就地利而言，二紫名可說處於壓倒性的下風。

所有的樹葉都開始搖晃，難以判斷青年身在何處。即使如此，我仍拚命環視四方，終於在樹枝上發現一點亮光。

——就是那裡！

一切發生在轉瞬之間。才剛把亮光的位置告訴二紫名，一股**強風**就從我身邊掠過，像是要把我帶走。耳朵深處一陣刺痛，忍不住閉上眼睛。

再睜開眼，直到剛才都不見人影的青年背影映入眼簾，還有——臉頰上滲著一道血跡的二紫名。

「什麼嘛，只有這點能耐嗎？威震天下的緣大人竟然收了個這麼弱的徒弟，真可憐。」

「…………」

二紫名的視線左右掃射。看到這個，我恍然大悟。

是二紫名太弱嗎？不、不是，他是為了保護身後的小青和小綠，才堅持不離開原地。

怎麼辦。要是我們繼續待在這，二紫名會受重傷的。我該帶著小青和小綠逃走嗎？可是……

殺氣騰騰的空氣。青年犀利的視線。二紫名臉頰流下的血。

——察覺這樣下去會很危險，我拚命想做點什麼。

無謂的正義感有時會招來災禍，這個道理我也明白。明白歸明白，可是——握緊拳頭，盡可能深吸一大口氣。內心祈禱這場戰鬥能夠就此結束。

「ST——OP！」

我的聲音緩解了一觸即發的緊繃空氣。

「……啊？」

「…………啊？」

兩人同時望向我，雙眼圓睜，嘴巴半開，雙臂下垂。這些都令人感受不到「戰意」，太好了，這次正義感往好的方向運作了。

我用還有些顫抖的手，指著二紫名說：

「我跟你說！我又沒怎樣！比起那個，現在有更重要的事得做吧！」

接著，又指向青年。

「你也是！退一百步說……我可以原諒你對我說的話和做的事！所以，不准再有第二次了喔！」

一邊說，心臟一邊劇烈跳動，希望他們沒發現。反正等一下一定會被二紫名取笑的吧。這麼一想，我別開了視線。可是，沒聽見笑聲。出乎意料的，二紫名走過來，輕輕撫摸我的頭。

「既然八重子這麼說，那就別爭了吧。」

二紫名沒有挖苦我，反而非常坦率。他是不是為了打亂我的步調，才故意不時展現這種溫柔態度的啊？感覺頭頂一直在發燙。

「哼。這次就看在八重子的分上饒過你吧……你們來這裡幹嘛？」

完全失去幹勁的青年慵懶地打了個呵欠。

「來幹嘛……對、對了！是來跟你討還東西的。」

「討還東西？」

「對，你是不是偷走了音樂盒？請還給我們！」

青年疑惑地思考了一會兒，才恍然大悟地嘟噥「喔喔……」

「妳說的該不會是這個吧？」

說著，他伸手從樹上拿下一個東西。深咖啡色的長方形美麗胡桃木盒。和阿哲店裡的一模一樣，這絕對是祖母的音樂盒。

「就是這個！我需要這個！」

拜託，快點還回來！我這麼懇求，青年卻咧嘴一笑，開口說出意料之外的三個字。

「才．不．要。」

「你這傢伙……難道不知道這是緣大人的東西嗎！只要我想，隨時都能搶回來。」

「喔，不錯啊。不如這次真的來較量一把，看誰比較強好了。」

兩人臉上再度充滿憎恨，犀利的視線緊盯對方，彼此都進入戰鬥姿態。真是搞不懂，這兩人為什麼動不動就想吵架啊。

「等一下！不可以吵架！為什麼不想還，可以告訴我原因嗎？」

聽我這麼問，青年嘆了一口氣，搔了搔頭，像是在猶豫什麼。接著，指著自己的眼睛說：

「因為這個。」

「眼睛……？你的眼睛怎麼了嗎？」

「不是啦！」

不是眼睛，那會是什麼呢？我凝視青年，正好這時月光從樹縫間灑落，照亮了他的臉。和白天遇到時相比，他皮膚蒼白，眼睛下方一片烏青……

眼睛下方……難道——

「黑眼圈？」

「對，早上和白天都不停有人來施工，吵得我無法睡覺。上次好不容易暫時停工，又不知道是誰跑來樹下大聲喧譁喔。」

這麼說起來，上次他的確說過自己「在睡覺」。

「晚上睡不就好了嗎？」

「我是夜行性的啦！」

妖怪也有夜行性的嗎？這麼一想，不禁有點好笑。不過，我忍住了，因為他實在是一臉嚴肅。

「雖然最近晚上偶爾也能睡一下，但卻怎麼也睡不好。這時，就要靠這個了。」

說著，青年深情地望著手中的音樂盒，眼神就像一個正在介紹自己珍貴寶物的小男孩。

「這個真的超讚的啦。只要聽著裡面發出的音樂，漸漸就能睡著。所以，即使是八重子來拜託，我也不能交出來，畢竟事關我的死活啊。」

說完，青年又把音樂盒放回樹上。

「等、等一下啦。」

雖說事關他的死活，要是拿不回音樂盒，我也很傷腦筋。

「不然這樣吧，我把這還給妳。條件是，讓我去八重子妳家睡覺。當然，妳必須在旁邊陪睡。」

青年說得毫不客氣，再次換來二紫名惡狠狠的瞪視。

「來、來我家？而且還要我陪睡？哪可能答應啊！」

「什麼嘛，小氣鬼。那妳說怎麼辦才好啊？有其他更好的辦法嗎？」

青年朝我直視。

什麼……更好的辦法……不知不覺中，除了青年，連小青和小綠，甚至二紫名的視線都默默集中在我身上，等待我做出答案。哎唷！既然這樣，只能豁出去了！

「住進神社不就好了嗎！」

自己都覺得這個提議很不錯。如果在山裡沒法睡覺，搬家不就好了嗎？神社平常大多安靜清幽，豈不是正適合睡覺？

沒想到，青年支支吾吾，一臉為難。

「欸……不行嗎……？」

「與其說不行……那塊地是緣的……我不能擅自闖入……」

「我不是很懂，類似地盤的意思嗎？」

「該怎麼說才好……神社是神聖的場所……只有獲得那裡的神明認可才能入住……我本來就是流浪妖怪……」

青年囁囁嚅嚅，愈說愈小聲。剛才那股氣勢不見了，連身體看上去都縮小了一圈。

不過，這下可傷腦筋了。要是這個提議不行，我也想不出其他更好的方法。連我都跟著低聲哀號起來，一直默不吭聲的二紫名誇張地嘆了一口氣。

「喂，那邊那個傢伙。」

「啊？幹嘛？要打架嗎？」

「我去跟緣大人商量看看。」

就在青年掄起拳頭的瞬間，二紫名以不帶感情的聲音這麼說。一陣冷風咻地吹過我們之間。我和小青小綠同時看了彼此一眼，心裡想的大概是同一件事。

『那個二紫名居然也能這麼普通地對人好！』

當然，這話我們不可能說出口。

「欸……可以嗎？」

「這種狀況下，也只能那麼做了吧。何況，要是你真的賴在八重子家，我也會很困擾。」

儘管說得一副打從心底感到厭煩的語氣，這真不像老是把麻煩事都推給我的二紫名會說的話。

「原來你……其實人很好啊……」

青年也很現實，竟然笑咪咪地要跟二紫名握手。二紫名面無表情地握了他的手，相當令人難以置信的光景。

「這麼做的條件是，你不能再靠近八重子。」

「這我可無法保證。」

氣氛本該和諧，卻不知為何，兩人的眼睛都沒在笑。

「吼……真是的！」

硬是拉開兩人後，青年轉向我。

「——那這個還給妳嘍。」

順利從青年手中取回的音樂盒，一碰到二紫名的手就瞬間消失。太好了，這樣總算可以先鬆口氣。

「謝謝你把東西還給我們……呃，你叫什麼——」

「名字？我沒有那種東西。」

「說的……也是……」

上次二紫名說過，只有成為神明徒弟的妖怪才會有名字。可是，既然青年即將住進神社，往後就算不想也會見面，到時如果沒有名字，好像不太方便。

「那順便問一下，你是哪種妖怪啊？」

聽我這麼問，青年臉上浮現「就等妳問這句」的詭異笑容，雙手放在胸前合掌。瞬間，他的背上長出漆黑的翅膀。青年自在操縱那對翅膀，身體當場騰空。

「我是烏天狗。」

他真的從頭到腳都是黑色。黑色的翅膀、烏鴉……

「不然，你就叫黑羽怎麼樣？正好和Crow（烏鴉）同音……」

原本還怕這諧音哏會不會太沒水準，看來沒必要擔心了。青年雙眼閃閃發光，握住我的手上下甩動。

「超讚的！八重子，妳是天才嗎？謝啦！」

青年好像非常中意黑羽這個名字。

「是小黑！」

「小黑！」

不知為何，連小青和小綠都高興得蹦蹦跳跳。

晃動的視野裡，不經意瞥見二紫名，臉上的表情像是在說「妳又被奇怪的傢伙纏上了啊」。

＊＊＊

「為什麼今天沒帶來？」

一回到神社，二紫名就用有點不悅的語氣質問我。那時我剛從小青身上下來，因為依然跟不上她的速度，還在頭暈腦脹。活力十足的小青和小綠則早就一邊喊著「來幫小黑鋪床！」，一邊奔上石階去了。

「沒帶什麼來？」

我好不容易開口回答這句，二紫名才板著臉孔補充說明：

「護身符啊，不是給妳了嗎？」

喔，原來是在說護身符啊。我放在揹去參加宿營的後背包裡了，現在被他這麼一問才想起來。

「……你怎麼知道我沒帶？」

我的疑問，令二紫名揚起嘴角。

「我事先在那個護身符上搓進了強大妖力的氣味，好讓其他妖怪無法靠近妳。」

嗯？嗯嗯嗯？

「那個味道非常強烈，只要聞過一次，就再也不會想靠近第二次。」

等等喔。難道是那個護身符害我被嫌臭的嗎？

至今懷疑自己「是不是真的很臭」的種種煩惱簡直愚蠢透頂。

「二紫名！我說你喔……」

朝二紫名高舉的手臂，被他白皙冰冷的手輕而易舉擋下。不只如此，他還順勢將我拉到自己身邊。

這麼細的手臂，到底哪來這麼大的力氣。抬起頭，眼前是他群青色的眼眸。

「別讓我擔心。」

嚴肅的表情。為什麼要用那種眼神看我。

「為什麼」。不過三個字，我卻說不出口。快點恢復平常的二紫名啊，否則，我怕自己心跳的聲音太大，一開口就會被聽見。

二紫名溫柔微笑，輕輕把手放在我的額頭上，就這樣直接撫摸上頭髮。他的臉也愈來愈靠近我的額頭。

要被親了——

情不自禁閉上眼睛。其實，只要鑽出他的懷中，說聲「不要」就好，為什麼我連這都做不到？心怦怦亂跳。

然而，落下的不是他的唇……而是指頭彈在額頭上的疼痛感。

「……唔！痛……」

睜開眼，眼前的二紫名嘴角上揚，笑得不懷好意。

「笨蛋，葉子黏在頭髮上了啦。」

「葉……什麼？葉子？」

「……看妳那搞笑的臉。」

「什…………！」

二紫名呵呵笑著背轉過身，踏上神社的石階。

不甘心，太不甘心了。即使只有那麼一瞬間，居然對這隻失禮的狐狸感到心動，實在太教人不甘心了。還是趕快回家睡覺吧。睡一覺，把這件事忘了。

這麼想著，我也轉過身。

「八重子。」

然而，才往前走了三步，本該已離去的二紫名又叫住了我。沒辦法，我只好做出回應。

「……什麼事？」

「妳最後為什麼收下了飯田先生的音樂盒？」

「……什麼意思？」

「我還以為妳會說『過意不去』，婉拒收下……看起來，妳也不像是因為推辭不了才收下的吧？」

怎麼現在才提這件事呢？問我為何收下音樂盒——

我想起那時，阿哲死命握住我的手時的表情。

沒有標價的音樂盒，一定在那間店裡沉眠了好多年吧。雖然是商品，卻是無法賣出的商品。

他一直想再送祖母一次音樂盒，希望藉此讓她回想起自己。阿哲對我訴說的那些兩人之間寶貴的回憶，以及阿哲對祖母的那份溫柔心意，他一定都不希望祖母忘記。

可是，這個心願沒能實現——

那時，阿哲眼中**看見的**不是我，而**是祖母**。

我不是祖母，也取代不了祖母……可是，只是代替祖母收下阿哲對她的這份心意，應該不會遭天譴吧。

如果這樣能讓阿哲的心稍微獲得一點慰藉的話——

「——祕密。」

我吐了吐舌，朝愣愣站在石階上的二紫名背轉過身，往前邁步。誰教他剛才要那樣對我，這麼回敬還算小意思吧。

對了，不如今晚一邊想像年輕時的祖母，一邊聽著音樂盒的音色入睡吧。

應該會做個好夢才對。

肆　忘卻約定的幽靈

那天，女孩一大早就覺得怪怪的。感覺很像被誰盯著看。

應該是錯覺吧，她這樣告訴自己，裝作不在意視線的樣子去上學。可是啊，不管是上課中，還是下課跟朋友聊天時，或是吃午飯的時候，都還是有種自己被人盯著看的感覺。女孩受不了，轉頭往後看。可是，什麼人都沒看見。

女孩覺得身體不太舒服，於是決定請假早退。她說服自己，一定是發燒了，才會有那種奇怪的感覺。只要回家好好休息，就不會再覺得有人盯著自己看了吧。這麼想著，獨自走在回家路上。

就在要過那座伏見橋的時候……欸？妳問我伏見橋在哪？就是……從商店街那邊稍微往東走一點的地方，不是有條小河嗎？知道我在說哪裡吧？很好。架在那條河上的大橋，就是伏見橋喔。

我講到哪了……喔、對對，女孩正要過橋，就聽見某處傳來聲音。

『找到了……找到了……』

聲音微弱，低沉又沙啞。女孩害怕起來，快步過橋。可是啊，背後傳來啪噠啪噠的腳步聲。啪噠啪噠啪噠啪噠啪噠啪噠……那個腳步聲也愈來愈快。

對方追上來了！女孩最後用跑的過了橋。抵達橋頭時，總算不再聽見腳步聲。太好了。這下應該沒問題了吧。這麼一想，女孩才剛鬆了一口氣，又聽見「找到了……」的聲音。急忙回頭一看，依然什麼人也沒看見。一定是錯覺、一定是錯覺。女孩轉回來，打算繼續往前走。結果──

『不對……不對……不是……』

眼前站著一個血紅雙眼，臉色蒼白的男人。

太奇怪了，剛才明明沒有人的啊。女孩全身都起了雞皮疙瘩。那個男人緩緩靠近女孩……然後……

『不是妳。』

從那天起，女孩下落不明。不過，有人在橋頭找到花朵形狀的髮夾。這是女孩隨身攜帶的東西。

「——後來，不時會有人在那座橋邊聽見男人說『找到了……找到了』的聲音……講完了！」

這麼說著，昴露出微笑。一旁的小町摀住耳朵，身體不斷顫抖，臉色一片鐵青。

至於我嘛——

「原來還有這種故事喔。」

用稀鬆平常的語氣答腔。

「……小八，妳都不怕嗎？」

小町盯著我，一臉難以置信的表情。

「我不太相信世上有鬼。」

對。這類怪談或鬼故事，在國中同學之間也曾流行過。可是，即使經常聽到這類故事，卻根本沒人見過鬼魂。所以，我認定世上沒有鬼魂的存在。

「世上沒有鬼魂」。只要這麼想，鬼故事就一點也不可怕了。忘了從什麼時候開始，同學們還說「反而是面無表情聽鬼故事的八重子比較可怕」。

不過現在，認識了二紫名、小綠小青和黑羽，我不得不相信世界上有「妖怪」就是了。

「話說回來，每個地方都有當地獨特的怪談或鬼故事呢。」

我這麼喃喃低語。

這裡是放學後的教室。聽著棒球隊氣勢十足的吆喝聲與管樂隊清朗的演奏聲，我們三人把椅子搬過來坐在一起講鬼故事。

起因是三十分鐘前小町的一句話。

「噯噯！妳知道這個小鎮的『七大奇談』嗎？」

今天沒有社團活動，老師交代完事情後，我正準備收拾書包回家，小町忽然從她自己位子上衝過來。

「……七大奇談？」

我用「沒太大興趣」的語氣回答，小町卻像沒聽懂我的意思，身體往前一傾，抓起我的手就說：

「妳不知道對吧？很想知道對吧？現在就說給妳聽！」

這種時候的小町，態度總是非常強硬。這是我最近的新發現。

「為什麼要現在講這個？」我這麼問，小町就促狹地嘿嘿一笑：「昨天在電視上正好看到靈異特別節目啦。」簡單來說，她就是腦波弱。

因此，現在以小町為中心，一如往常的成員才會聚集在這裡，聊起這個小鎮上的「七大奇談」。

不知為何，最後講故事的是能言善道又擅長炒熱氣氛的昴，也不知為何，明明早該聽過這些故事的小町卻顯得最害怕。

而剛才那個「持續等待的男人」，就是今天昴說的最後一個奇談。

「——好嘍，回家吧。」

昴速速起身。聽他這麼說，我和小町也跟著站起來。離開教室，踏上回家的路。

「噯、結果那個男人到底在那邊等誰啊？」

跳下最後一級階梯，我不經意地對兩人提出這個疑問。

這句話換來小町冷淡的視線。

「小八，這種事不用在意吧！」

「欸？可是你們不好奇嗎？」

「故事的重點又不在那裡！」

「可是，那個女孩子是被誤認為別人才被殺掉的吧？這太教人難以接受了。」

「妳……妳說的也沒錯，可是……」

是喔，原來一般人都不會在意這種事嗎？可是，我就是無法不在意。因為，要是能跟那個鬼魂說上話，說不定能讓他見到真正想找的人。這樣的話，就一定不會有人因此犧牲了啊。

「好了好了，小八就是個性太善良，才會去思考這種事，不過，是不是真有其事都很難說，只是個怪談鬼故事而已嘛。」

看到我和小町一起陷入苦惱，一旁的昴趕緊這麼打圓場。「所以這件事就到此為止」，昴這麼說，我和小町沒有結論的爭辯才總算和平收場。

踏出校舍，一陣狂風吹過，操場上的沙隨風飛舞。眼看沙子就要吹進眼睛嘴巴了，我不假思索別過頭。

「春天的暴風」。

不知誰這麼喃喃低語。

轟隆作響的風聲包圍我們。陰陰的天，讓我產生一種預感，似乎就要發生什麼不好的事了。

「噯噯，會不會遇到西名先生啊？」

靠近神社的路上，小町忽然提起那個名字，我不禁心跳加速。勉強假裝平靜回答「誰知道」。但就連這句話聽起來也不太自然，像是飄在半空中一般。

二紫名──

那天晚上的他有點奇怪。說「別讓我擔心」時的認真眼神，用力把我拉到他身邊的手臂。還有，差點碰到我額頭的嘴唇──

討厭啦，我在想什麼……

察覺自己臉頰發燙，趕緊用力甩頭，想擺脫這些思緒。

對此毫不知情的小町和昴絲毫不把狂風當一回事，正開心地聊著天。我心不在焉聽著他們說的話，一步一步朝神社走去。

——為什麼會做那種事呢？

雖然很想知道，但又不敢問。明明不想見他，卻又非見不可。只能不停嘆氣。

「啊！是西名先生！」

小町興奮的聲音將我拉回現實。不知不覺，神社已近在眼前。糟了，還沒做好心理準備。

「喔，是八重子的朋友呀，妳好。昴，歡迎回家。」

我盯著地上的小石子，聽二紫名這麼說。他一定用那爽朗的業務用笑容迎向小町和昴了吧。

「久、久仰大名！那個……我叫小町，我們小八平時承蒙您照顧了。」

「呵呵，我有聽她提過妳喔。我才要謝謝妳照顧小八呢。」

——什麼啊，真想大喊「怎樣，你是我媽喔？」

「哎呀，西名先生真是的。」

小町嚷嚷著，開心地接受了二紫名的場面話。最好就這樣讓他們兩人跟二紫名隨便聊聊，再隨意說聲「再見」，這樣我就可以平安回家了。沒錯，**本來應該**可以回得了家才對。

這時丟下炸彈的，果然還是小町。

「請問……西名先生有沒有女朋友啊？」

氣氛瞬間凍結，一顆心七上八下。

別緊張啊八重子。沒問題的，二紫名不可能回答什麼，肯定又是滿臉堆笑說些「現在沒有喔」之類的話矇混帶過。

「我沒有女朋友喔。」

果然不出所料，二紫名給了可有可無的答案。看吧，好嘍，現在妳想問的都問了，趕快回家吧？這麼想著，朝小町望去時，卻又聽見預料之外的答案，使我思考再度停止。

「——不過，我有約定好要結婚的對象。」

就是這麼一句話。

就是這麼一句話，在我腦中不斷反覆，最後又像沉重的鉛塊，深深地、深深地沉入體內。

「約定好要結婚的對象」，不就是未婚妻嗎？妖怪的世界也會約定這種事嗎？話說回來，我不知道妖怪也有「婚姻制度」呢。真滑稽，好想笑。

抬起頭，二紫名臉上果然掛著業務用的笑容。不可思議的是，剛才那麼不想見到他，現在卻一點也不在意了。

什麼嘛，果然**那**只是心血來潮。對二紫名來說，就是在玩而已。沒問題，一直都是這樣的，一直都是這樣的，所以我不在乎。

為了掩飾難以說明的心痛，我輕輕微笑。

「二紫名！今天晚餐要吃什……」

這時，有個人喊了二紫名。我們所有人都抬起頭，朝石階上望去。那男人的聲音我不陌生，在這神社裡，會那樣叫二紫名的也只有一個人。沒錯，就是前些天認識後，因為某個原因，現在住在這間神社裡的——

「黑羽！」

「咦？這不是八重子嗎！怎麼，妳來找我嗎？啊、我知道了，是不是要來跟我訂契約？」

聲音的主人就是黑羽，那雙灰色眼眸圓睜，從階梯上低頭看我。和上次一樣，黑羽穿著一身看上去就很熱的黑色和服，全身散發一股不尋常的氛圍。這樣的他快步衝下石階，跑過來緊握住我的手。

「不是啦……聽我說，黑羽——」

「……黑羽**先生**，**您**沒看到八重子很為難嗎？」

二紫名用力抓住黑羽的手。他對黑羽使用不自然的敬語，聽起來反而恐怖。

「喂、你幹嘛——」

「罰你不准吃晚餐喔。」

用只有我和黑羽聽得到的聲音，二紫名這麼說。瞬間，黑羽的手立刻從我手上抽離。「晚餐」的力量真驚人。

——不只如此。

二紫名這樣保護我，會讓我誤會「他是不是在嫉妒黑羽？」但這是不可能的事，他只是討厭玩具被人搶走罷了。

「嗳……這個人是……」

身旁的小町低聲問，她和昴兩個人害怕得靠在彼此身上。

對了，我還沒把黑羽的事告訴小町和昴。那個在山裡遇見的怪男人，莫名其妙變成我的朋友，他們看了當然會很驚訝。得想個藉口解釋才行。

「啊、哈哈哈……上次突然那樣，嚇到你們了吧？其實這個人是西名先生的朋友啦，他叫黑羽。」

這種介紹方式真的沒問題嗎？內心懷抱一抹不安，窺視小町和昴的反應。不過，看來是無謂的擔心，知道黑羽不是來路不明的陌生人後，兩人都放心地笑了。

「難怪也是個帥哥！」

「黑羽先生……這麼說來，家父說過『會有新的幫手來』，就是指您嗎？請多指教了。」

「好喔！請多指教啦，人類們。」

放心才沒兩分鐘，黑羽又說了不該說的話，害我心臟用力一跳，時間彷彿暫停了幾秒。

「人類……？」

小町和昴疑惑地不斷眨眼。也難怪他們狐疑，看在他們眼中，黑羽也一樣是人類嘛。

「哇！沒什麼啦！是吧？黑羽。」

然而，黑羽卻一副聽不懂我在講什麼的樣子。

「八重子？妳幹嘛這麼慌張？」

「因、因為……——」

「差不多該走了吧？」

出聲制止聽不懂人話的黑羽繼續說下去，二紫名這麼微笑說著，一把揪住黑羽和服的衣領。脖子忽然被勒住的黑羽一陣猛咳。

「喂！二紫名！你幹嘛啦！」

「那麼不好意思，不打擾大家，我們先告退了。」

無視嚷叫個不停的黑羽，二紫名拉著他就往石階上走。在一股難以言喻的尷尬氣氛下，留在原地的我們目送兩人離開。

後來，聽到小町和昴問「噯、他那麼說是什麼意思」時，我當然只能拚命裝傻了。

＊＊＊

「你小心一點好不好……欸、咦？」

衝上石階想對黑羽剛才的言行舉止抱怨兩句，卻發現那裡只有一臉無所謂的二紫名。環顧四周，沒看見黑羽。

「那傢伙去惟親先生那邊了。」

「惟親……」

「涼森惟親，昴同學的父親，也是這間神社的神職人員。」

「啊、這樣啊，是神職人員……嗯？可是去找他是要……？」

「總不能讓黑羽白吃白住在神社裡吧。那傢伙和我一樣，得幫忙神社裡的工作，現在大概在打掃。」

幫忙神社的工作──

對喔，小町也說過他是「偶爾來神社幫忙的西名先生」。

不過仔細想想，總覺得有點怪。昴的父親怎會願意雇用來路不明的奇怪男人呢？而且還不只二紫名，連黑羽都接受了。

難道他知道二紫名不是人類的事嗎？

正當我想著這些時，二紫名忽然從懷裡掏出一個信封，故意在我面前揮了幾下。

「……啊！緣大人的……」

「這什麼反應？妳不想要嗎？」

「我要！我要！」

急著搶過來的信封一如往常，雪白得沒有一絲污漬。

「這是最後的器具了。」

正要打開便箋時，聽到二紫名這麼嘟囔，我猛然停下手上的動作。

最後的——

心臟不知為何劇烈跳動。這是……最後了。只要找回這個器具，就能拿回我的記憶，也終於可以跟這隻狐狸說再見，恢復正常生活了。沒錯，我所希望的正常生活。

可是為什麼，我卻覺得好失落。

「怎麼了嗎？給我。」

看我遲遲不打開便箋，二紫名不耐煩地從我手中將便箋拿走。接著，他緩緩說出關於最後一個器具的線索。

「以紅線繫起的環……」

線索只有一句話。第一個線索和第二個線索都讓我吃盡苦頭，光憑那一句話怎麼可能知道器具到底是什麼，只能找商店街的人打聽。可是不知為何，這次的卻──

「什麼嘛……這次的…………未免太簡單了吧……」

為什麼只有最後一次這麼簡單呢？彷彿暗示著我和二紫名的尋物旅程很快就要結束。

「妳已經知道是什麼了嗎？光憑這個線索？」

「嗯，因為……」

第一個是祖母和我之間的回憶，第二個則是和我及父親之間的回憶。這麼說來，第三個一定是和祖父之間的回憶。和祖父相關的事物，又是「以紅線繫起的環」，答案只有一個了嘛。沒錯，那就是——

「祖母和祖父的結婚戒指。」

我堅定地這麼說。瞬間，二紫名袖兜裡的羅盤發出光芒，指出通往最後一個器具的路。

啊……這下真的要結束了。我看著光束鋪成的道路出神，額頭突然一陣冰涼，忍不住驚呼出聲。

「什麼嘛，沒有發燒啊？」

聽到這句話，才發現二紫名的手掌放在我額頭上。

「怎、怎麼可能發燒？」

我急忙拍掉他的手，二紫名咧嘴一笑。這個笑容才真的會令我體溫上升吧……不過，這話撕爛我的嘴也不可能說出口。

「既然這麼有活力，那就沒事了。」

「啥？什麼意思……」

難道……不、不用猜也知道，他是在擔心我。

「……走吧！」

我下定決心，踏上光束鋪成的道路。在這煩惱也不是辦法，連器具都還沒拿回來，思考未來又有什麼用。現在該做的只有一件事。

找回最後的器具——戒指。

光束鋪成的道路看似通往商店街，實際上半途就改變了方向，在進入商店街之前往東邊錯開。這條往東的路我從來沒走過，也沒聽說過再往前會去哪裡。

明明該是陌生的路，走著走著，我卻產生了一股奇妙的既視感。不、應該說是「既知感」才對。總之，我覺得自己好像知道這是哪裡。

和商店街的熱鬧氛圍完全不同，這條路上人煙稀少。剛才還不時看見的民宅房屋，也在不知不覺中消失。眼前只剩下一條冷冷清清的小河。如果說這裡一到晚上就會「出現鬼魂」，我也不覺得奇怪。

沒錯，鬼魂——

「……不會吧。」

「嗯？妳說什麼？」

「沒事啦，沒什麼。」

二紫名用疑惑的眼神看我。

不會吧，不可能吧。儘管這樣告訴自己，這條光束鋪成的道路確實通向了一座橋。一座架在商店街東側小河上的橋——沒錯，我那股「既知感」，正是來自昴說的那個怪談。

察覺這件事後，我開始像故事裡的女孩一樣，莫名感受到來自背後的視線。不不不，世上不可能有鬼，這一定是我的錯覺。

「怎麼了啦八重子？妳身體不舒服嗎？」

「一點事都沒有！」

在被二紫名識破前，我趕緊擦拭額上滲出的汗水。

走了一會兒，光束鋪成的道路終於來到盡頭。果然不出所料，終點就在橋頭旁。

「噯噯、妖……妖怪在哪？」

沒有鬼魂。但是時機實在太湊巧，我還是有點害怕。真想早點離開這裡。

「妳在急什麼……等一下喔。」

說著，二紫名緩緩環顧四周。小河的水流聲和風呼呼吹過的聲音佔據了我的耳朵，抬起頭，放眼望去是一大片鉛灰色的天空。

「……沒有耶。」

雖然他的聲音小得差點被風聲掩蓋，但我沒有聽漏。

「沒有？什麼意思？」

「沒有的東西就是沒有，這一帶沒有妖怪的氣息。」

二紫名淡淡地說。

「可是，光束鋪成的道路不是指引我們來到這邊嗎？在這裡找不到器具，不是太奇怪了嗎？」

「是這樣沒錯，可是……」

「什麼嘛，你這隻沒用的狐狸！」

「……妳現在是想找我吵架嗎？」

「我有說錯嗎？如果不是你沒用，就是那個羅盤沒用！」

「不只找我吵架，還輕蔑緣大人製作的器具，妳膽子可真大啊。」

我和二紫名互相瞪視對方，就在這時，背後閃過一陣涼意……是視線，我感覺到了視線。

「……嗳、那個，總之我們先離開這裡啦。」

「因為我太沒用嗎？別說那種話了，總之先在這附近找找吧。」

「說你沒用的事，我先道歉，所以——」

快離開這裡吧！正當我想這麼說時，背後傳來那句話。

「找到了……找到了……」

低沉嘶啞的聲音，但聽得一清二楚。

二紫名沒有聽見嗎？他依然站在橋頭東張西望，只有我整個人像凍僵似的動彈不得。

『——急忙回頭一看，什麼人也沒看見。』

這樣下去不行，我拚命要自己振作。沒事的，一定是錯覺、是錯覺……身體勉強動起來，慢慢回頭看。但是，當然沒看見任何人。

『——一定是錯覺、一定是錯覺。女孩轉回來，打算繼續往前走。結果——』

應該是幻聽吧。我鬆了一口氣，再度轉向前方，然而——

「啊～果然不是……」

眼前是個有雙紅眼，臉色蒼白的男人……才怪，是個有一對細長鳳眼，身材高䠷，年紀約介於二十五到三十歲間的所謂「爽朗型男」。只是不知為何，他一臉失望。

「噫……！你、你是鬼嗎？」

是鬼嗎？我想像中的鬼，應該更……像是穿著一身白衣之類的。可是，眼前的男人身穿扣領襯衫與棉質長褲，一身休閒打扮。

難道他只是普通人類嗎？不、總覺得他整個人似乎有點半透明，還散發著與現代人相反的氣質，給人一種不可思議的穩重感覺。

「二、二、二、二紫名！」

我急忙向二紫名求助，視線緊盯著這陌生男人。不知為何，男人打量這樣的我，好像覺得很有趣。

「八重子，妳在吠什麼啦……」

「我又不是狗！」雖然很想這麼抗議，現在那種事已經不重要了。明知這麼做非常失禮，我還是指著男人說：

「鬼、有鬼……」

「啥啦？妳在說什……麼……」

來到我身旁的二紫名應該看見男人了吧，瞬間停止動作。就這樣看了老半天，然後他說：

「嗯，不是人呢。」

「你、你也說得太若無其事了吧！」

「我住在神社裡，看到『不是人』的東西，對我來說根本就是家常便飯啊。」

「什……」

「妳會怕喔？沒事啦，他看起來不像會害人那種。」

「…………………」

對喔，我想起來了。一不小心差點忘記，他自己本來就是狐妖，不是人類，就算看到鬼也不會嚇到吧。

我一陣虛脫，那個男鬼走向我們。

「哎呀，真沒想到，看到我也不逃跑的，至今只有你們兩個呢。」

要不要聊一聊啊？男鬼這麼一說，咧嘴微笑。

天啊，這麼一來，不只妖怪，連鬼魂的存在我都非相信不可了啦。

「……所以？要聊什麼？」

我們走到一旁的復古木頭長椅上坐下。其實現在哪有空跟鬼魂聊天，但是想想，這也算是某種緣分吧。

沒想到會落到跟鬼講話的地步。搬來這裡之前，做夢也沒想過會有這種事。當然，也從沒想過自己會認識妖怪。

「其實我遇到非常麻煩的問題，因為這樣，無法安心升天。」

男鬼嘆了口氣，用憂鬱的眼神望著我。

「你對人世間還有留戀嗎？」

二紫名很快地提出疑問。

「留戀……是啊……其實是這樣的，我生前似乎跟某人有過重要的約定。沒有完成那個約定，我就無法升天。」

「和誰的約定？」

「問題就在這……我想不起來。」

「竟然想不起來。」

我和二紫名面面相覷。這個男鬼到底想說什麼。

「生前的記憶，有幾個片段消失了。」

男鬼自暴自棄地笑著，舉起左手撩起頭髮。瞬間，一樣發光的東西吸引了我的視線。

「啊啊啊————戒指！戒指！」

不明就裡的男鬼一臉驚慌看著我。他的左手小指上，戴著一只散發金色光芒的戒指。就是這個！這一定就是我們在找的「奶奶和爺爺的婚戒」。

「那個戒指！是不是你從神社偷走的！」

「戒指……？喔喔，妳說這個？這是我撿到的。」

男鬼大言不慚地說。

前面兩項器具，都在妖怪手中找到，原先我以為這次的器具一定也在妖怪手中，沒想到，是被身分不明的鬼魂帶走了。

不過這麼一來，只要拿回戒指，我們的尋物任務也將到此結束。

我咳了幾聲，清清喉嚨，再度面向男鬼。

「謝謝你幫忙撿起這個戒指，那麼現在，可以請你歸還了嗎？」

沒想到，男鬼聽我這麼一說，原本的笑容倏地從臉上消失，換上一張嚴肅的表情。

「抱歉喔，這個沒辦法。」

「欸？為什麼！」

「嗯唔……不知為何，每次只要看著這個戒指，就會覺得好像快想起什麼了。」

我伸出的手懸在半空，動彈不得。

怎、怎麼這樣……還以為他會老實交回戒指，誰知這次的任務依然棘手。

就目前為止的經驗來看，我怎麼想都不認為，幫這個男鬼取名字或提供睡覺的場所，就能滿足他的需求。

「不然這樣吧，只要你們能幫我想起約定的對象是誰，我就歸還這個戒指。」

果然如此。我看一眼二紫名，他輕輕吐一口氣，像是在說「沒辦法」。

「……好吧。不過，只要一想起來，請一定要好好歸還喔。還有，也要好好升天。」

這麼一來，也等於親手解決了這個小鎮的「七大怪談」之一。

看到我們答應得這麼乾脆，男鬼先是露出打從心底驚訝的表情，很快地，又瞇起眼睛，看似開心地笑了。

「謝謝……妳真厲害，不但願意聽我這個陌生人的要求，甚至願意實現我的願望。」

「因為已經習慣這種事了。」

二紫名從旁開口調侃。真的不差你那句話好嗎。

「……那麼，關於那個人，你已經有想到什麼了嗎？」

「嗯……對方應該是女性無誤。我想得起她的臉，大概是我的戀人或太太……隱約有這種的感覺。」

既然這樣，事情就簡單了。只要釐清男鬼的身分就行。

「你叫什麼名字？什麼時候出生，又是什麼時候死去的呢？」

問著問著，感覺自己好像面試官。

「名字啊……抱歉，我想不起來。也不確定自己生於何時，只知道我像現在這樣站在這個地方，已經超過五十年了。」

「五十……」

這麼長久以來都無法安心升天……那麼，從他的外表來看，如果現在還活著的話，大概超過七十歲了吧。

「這段期間當中，那位女性沒有從這邊經過嗎？還是她經過了你也沒發現？」

這個問題，讓男鬼嘆了口氣，像小孩子一樣嘟起嘴巴。

「都怪我一開始的時候不好……每次看到覺得『很像！』的人，我就會上前搭話，卻把對方嚇壞了……後來漸漸演變成奇怪的傳聞，人們就不太經過這裡了。」

這也是理所當然的事嘛。想起那個怪談，我不由得苦笑。

「……或者，你手上有那個人的照片或其他東西嗎？」

雖然不認為鬼魂還會持有生前的物品，總之死馬當活馬醫，姑且問問看。

「照片……」

聽了我這句話，男鬼眼神凝視遠方，像在記憶中翻尋什麼。

「我討厭照片那種東西。」

不久，他如此喃喃低語，語氣有點飄渺。

「為什麼呢？」

「照片那種東西，不是會攝走人的魂魄嗎？」

「那是……迷信。」

這種事我當然知道啊。男鬼笑著說。

「可是啊，自從知道自己壽命不長，我就變得很害怕拍照。所以，我也不讓她幫我拍。」

男鬼彷彿從自己說的話裡想起當日的情景，頻頻點頭說「沒錯、沒錯」。

「討厭……拍照……」

這句話吸引了我的注意，不知不覺握緊了自己的手。好像在哪聽過類似的話題？是哪裡呢？對，就前不久的事而已——

內心一陣騷動。對了！那時我確實聽過一樣的事。

討厭拍照，身材高眺，長相俊美，還有年紀……認真找的話，符合條件的人一定要多少有多少。或許只是我搞錯了。可是，心裡有個聲音告訴我，**就是**他。

「呵呵，怎麼啦，怎麼這樣盯著我看？」

即使在陰霾的天空下，也看得出他的眼珠泛著淡淡綠色。

肯定沒錯。他……這個人就是……我爺爺——

「她叫君江！」

回過神時，我已經這麼吶喊出口。

「你的她叫圓技君江！知道我說的是誰吧？」

不知為何，內心感到痛苦。一定是因為在柑仔店阿嬤那裡聽了那些話的關係。那些關於祖母多麼深愛祖父的話——

祖父孤零零的在這個地方默默等待了五十年，承受著來自人們的恐懼，只為了實現和祖母的約定。

可是，可是，他已經無法實現那個約定了。

「君、江……」

然而，眼前的男鬼只用不帶任何情感的機械式語氣唸出那個名字。接著，朝我露出一個悲傷的微笑。

「……抱歉，即使聽了這個名字，我也不是很確定。」

「怎麼會這樣……」

難道他不是祖父？不、絕對是祖父。那麼，為什麼聽到祖母的名字，還是想不起過去的事呢？

風再度吹來，這次開始夾帶雨水。雨水漸漸打溼我的臉頰和身體，也從打溼的地方開始冷進骨子裡。簡直就像大自然正對我發出警告，要我「別再繼續下去」。

厚厚的雲層覆蓋天空，遮住了夕陽的光。相對的，遠處傳來鐘聲。聽到那個聲音，我悄悄咬住嘴唇。

——時間到了。

＊＊＊

無論何時，夜晚總是公平地降臨。

即使無法達成約定，至少希望他能記起祖母的事。腦子裡盡想著這些，回過神時已經天亮。晨光中，聽見不知何處傳來的鳥鳴，好久沒像這樣失眠了。

要怎麼做才能找回那個男鬼的……找回祖父的記憶呢？我不知道，可是總覺得，只有我和二紫名辦得到這件事。

我匆匆做好準備，悄悄走下樓。現在才早上六點，今天是星期六，不用上學，母親無須起來做便當，應該還在睡覺。為了不吵醒她，我躡手躡腳走向玄關。每次在地板上踩出嘰噫聲，我都一陣心驚膽跳。

「這麼早趕著去哪？」

然而，就在打開玄關門時，背後傳來說這句話的聲音——是母親。

「媽……怎麼這麼早起？」

「已經養成習慣了嘛。」

我沒先報備就要出門，母親卻沒生氣，只是溫和地笑著。

「可、可是今天是陰天，沒有刺眼的陽光啊？」

「我設了鬧鐘。」

「為什麼——」

為什麼要做到這種程度。正當我想這麼說時，母親塞過來一個用包袱巾裹起的東西，使我瞬間為之語塞，定睛凝視那個「東西」。這該不會是……

「是便當喔。」

無視目瞪口呆的我，母親繼續笑咪咪地說：

「小八最近每天都興沖沖地出門，今天也是對吧？我做了很多豆皮壽司，跟大家分著吃吧。」

母親似乎把一切都看在眼裡了，甚至做了那隻狐狸應該會很喜歡的豆皮壽司。我忍不住笑出來，接過母親手中的便當。

「謝謝媽媽。」

走到屋外，雖然沒有下雨，天空依然和昨天一樣，呈現灰撲撲的顏色。如此昏暗的天色和狂暴的風，加深了我的不安。

頂著逆風往前走，明明沒有約好，來到神社前的時候，二紫名已經等在那裡。雪白的頭髮紮成一把馬尾，在風中飄動。

「真早啊。」

「你不也是一樣？」

「因為我知道八重子一定會來的。」

說著，二紫名朝我咧嘴一笑。要是平時看到這張臉，我一定會覺得火大，今天不知為何，卻感到非常安心。

我們在石階上排排坐，展開作戰會議。

「那個男鬼，肯定是我爺爺，不會有錯……」

「看來是這樣啊。」

「可是為什麼他會忘了奶奶呢？」

說到「失去記憶」，我腦中只會想到一件事。那就是——和我失去記憶的原因一樣。

「該不會是被緣大人偷……好痛！」

但是，二紫名立刻彈了我的額頭。

「笨蛋，之前我不是說過嗎？緣大人偷取記憶的對象只限外來者，而且是小孩子……」

對喔，是這樣沒錯。我按著絲絲作痛的額頭，瞪了二紫名一眼。

「應該是成為靈體的時候自然消失的吧。」

「怎、怎麼會這樣……」

果真那樣的話，不是連如何取回記憶都不知道了嗎？我抱著膝蓋，身體蜷縮成一團。二紫名低聲嘀咕：

「方法是有啦。」

「什麼？是什麼？」

我猛地抬頭，用期待的眼神盯著二紫名。但是，他接下來說的話，又再次將我推入絕望的深淵。

「就是把當事人帶來。」

「……什麼？」

當事人？當事人是指祖母嗎？可是祖母已經過世了啊。

「不、這個應該……不可能吧？」

「是啊，不可能。」

「什麼嘛……！」

在說什麼啊，這隻臭狐狸！這種時候還開玩笑，真是難以置信。

「我說你啊，人家可是很嚴肅的好嗎！」

「我知道。」

二紫名忽然擺出認真的表情，和初次相遇那天一樣，群青色的眼珠凝視著我。

「當事人沒辦法來的話，或許只能讓他看看君江的記憶了。」

「奶奶的……記憶……？什麼意思……」

察覺我疑惑的視線，二紫名微微一笑。

「在聽田中阿嬤和飯田先生分享君江的事時，有一點我一直很好奇。」

「柑仔店阿嬤和阿哲說了什麼？」

抓不到他回答的重點，我忍不住歪了歪頭。

「妳還記得他們是怎麼描述君江晚年狀況的嗎？」

面對我的問題，二紫名拋出了另一個問題。同時，我也回想起父親和母親說的話。

「好像是說……她突然變得健忘……」

「妳有沒有想過，那是為什麼？」

「咦……」

為什麼……？至今，我一直以為是因為奶奶生了病。可是，聽二紫名的語氣，難道不是嗎——

我也直視二紫名的眼睛，意思是「差不多該告訴我答案了吧」。像是回應我疑惑的視線，二紫名開口說：

「他們兩位不是都說過嗎？說君江**突然**忘了他們。當然，那也有可能是因為生病的關係……只是，我總有點在意。」

「你的意思是，可能不是因為生病？這麼說來……難道是……記憶被偷走了嗎？」

我這麼問，二紫名默默點頭。

「有這個可能。假設真的是記憶被偷走，只要能拿回來給那個男人看，說不定行得通。」

「可是……會被誰偷走呢？」

祖母是這裡土生土長的人，又已經是大人了，緣大人不可能偷走她的記憶。這樣的話，究竟被誰偷走了呢？

風吹過來，神社裡的櫻花花瓣紛紛飄落。一晃眼，我的腳邊就多了一片粉紅色的地毯。找不到答案，只能站在那裡看著花瓣堆積。

要是不知道被誰偷走，這個方法就毫無意義。

實在太不甘心，正想踢起一地花瓣時，吹來一陣更強勁的風。瞬間，腳下的粉紅花瓣飛了滿天。

「遇到麻煩事了嗎？」

背後，一個聲音乘風而來。

我倏地轉頭，看見黑羽站在石階上方。

「黑……黑羽？為什麼……」

黑羽一看到我，就像小男孩似的噘起嘴巴。

「八重子，妳太見外了吧！遇到麻煩的話，不要老是仰賴二紫名，也可以依靠我啊。」

「你、你怎麼知道我遇到麻煩事……」

無論是我被偷走記憶的事，還是祖母被偷走記憶的事，黑羽應該都不知道才對。我也不認為二紫名會向黑羽透露這些事。

面對混亂的我，黑羽指了指自己的耳朵。

「別小看我在野外流浪鍛鍊出的耳力唷。尤其是八重子的聲音，我聽得可清楚了。什麼下個器具怎樣啦，奶奶怎樣啦，我全都聽見了。」

說著，他露齒一笑。不愧是妖怪。或者該說，是在神社裡談話的我們太不小心了。

「再者，比起那邊那個**千金大少爺**，我可是有用多了喔。他只會把什麼事都丟給八重子，絲毫不會主動出擊吧？」

黑羽一屁股在我旁邊坐下，得意洋洋地望向二紫名。看這情況，我提心吊膽地想，二紫名會不會生起氣來，兩人又要進入戰鬥模式了？沒想到，他只是沒轍地嘆了一口氣而已。

「看你這副得意的樣子，應該掌握到什麼線索了吧？」

聽二紫名這麼一說，黑羽抬頭挺胸回答「當然」。

「關於八重子奶奶的事，我跟鎮上的人打聽了一輪。幸虧這裡的人都很愛聊天，這點幫了大忙。即使是陌生的我，大家也不吝嗇地分享了許多。其中有件事頗耐人尋味……」

「什麼事？快告訴我！」

我激動得身體前傾，黑羽不知為何呵呵笑起來。

「嗯唔……我這麼努力，總該先給我一點獎勵吧？八重子。」

「獎、獎勵……？」

「對、比方說，契約——」

「那個沒辦法！」

我急忙拒絕，黑羽輕輕嘖了一聲。

「真拿妳沒辦法，那就陪我約會一天好了。誰教妳老是跟二紫名混在一起，都不跟我見面。」

「怎麼這樣……」

和二紫名混在一起，是因為和他定下了尋找緣大人器具的契約……就算這麼告訴黑羽，他也不能理解吧。朝二紫名瞥一眼，他只是站在那裡，心不在焉地看我們交談。

——什麼啊，竟然不幫我。

內心深處微微刺痛。比起我，找器具的事對他來說更重要，這點我至少還是明白的。只是，明白歸明白，心中仍有一絲落寞。更討厭為了這點小事悶悶不樂的自己。

「……可以啊。」

為了隱瞞失落的情緒，我低垂著視線，這麼答應黑羽。總之，現在不要去想多餘的事，專注找器具就好。

「嘿嘿，這可是妳答應的喔。」

黑羽先是咧嘴一笑，又很快地換上認真表情。

「……仔細聽好嘍。有人證實八重子的奶奶在變得**不對勁**之前，經常去隔壁鎮的神社。」

「去隔壁鎮的神社……？」

「對，原因不清楚。但是，我之所以說這事耐人尋味，是因為那間神社的神明有個很有名的事蹟，聽說，祂會從前往神社祈求戀情圓滿的人身上，偷走他們戀愛的心。」

偷走戀愛的心……如果這是真的，那位神明也有可能偷走其他東西。換句話說，無法否定祖母的記憶被祂偷走的可能。

一陣強風從背後吹來。沒問題，一定能打破眼前的困境。風像是站在我這一邊，推著我站起來。

「謝謝你，黑羽。我去隔壁鎮上看看！」

黑羽提供的線索，或許能讓我找到與祖母記憶相關的事。

「為了八重子，這點小事不算什麼啦！」

黑羽也站起來，一邊說「還有——」一邊窺看站在我後面的人。

二紫名和他視線交會，但那不是會引發爭執的激烈視線，其中反而蘊含了溫柔與暖意。

「我只是個流浪妖怪，無法和神明進行談判。能陪八重子去隔壁鎮的神社，還能保護她的，只有身為神明徒弟的二紫名。你要好好保護八重子喔。」

「……這還用說嗎。」

二紫名終於開口，卻是嘴角上揚，一副桀驁不馴的態度。

「真是的！黑羽這麼辛苦打聽消息，你就不能說句道謝的話嗎？」

「我心懷感謝啊。」

「所以呢！是說……黑羽？」

看到黑羽忍不住笑出來，我愣住了。剛才我說了什麼好笑的話嗎？

「沒有啦，抱歉。八重子，妳果然很了不起。」

「啊……欸……？什麼意思？」

黑羽哈哈大笑，朝我們揮手。

「快去吧，注意安全喔。」

＊＊＊

搭電車到隔壁鎮，大約要花十分鐘。走出車站剪票口，隨風撲鼻而來的，是一股全新的氣味。這個鎮上的氣味。

話雖如此，景色本身和我們鎮上倒是沒什麼差異。莫名寬廣的道路旁，偶爾出現幾戶人家和商店。人煙稀少的景象和陰陰的天氣，讓這個小鎮看上去更顯得冷清寂寥。

若說有什麼和我們鎮上不同，那就是——隔著建築物，看得見另一端遼闊的海洋。側耳傾聽，還能聽見嘩嘩……嘩嘩……的輕微海浪聲。

——對了，原來這是海的氣味。

「八重子，這邊。」

二紫名的聲音令我回神。不知不覺中，他已經領先我五公尺左右了。

「等、等等我啊！」

二紫名往海邊的方向走，步伐既快又毫不遲疑。我好不容易追上二紫名，抬頭看他的側臉。

「噯，又沒有地圖，你怎麼知道這個方向沒錯？」

「靠海的神社應該只有一間，大概是那裡吧？」

「應該？大概？我說，你不是來過嗎？」

嘴上回答我這個問題，二紫名視線仍望著前方。

「我從來沒離開過你們鎮上。」

「騙、騙人的吧？」

沒想到會是這種答案。既然這樣怎麼不告訴我呢？至少我可以先準備好這個鎮的地圖。這個二紫名，平常那麼愛多說不必要的話，重要的事卻什麼都不說。

「雖然沒來過，但聽緣大人提過。這一帶的海岸稱為戀路海岸，聽說是以增強戀愛運聞名的觀光勝地。所以，一定很多人去那間神社祈求戀情順利吧。」

「戀路海岸……」

我聽過這個名字。沒記錯的話，是阿哲第十次向祖母告白的地方。這麼說來，這裡……

遠方的海岸邊，確實有座心形的紀念鐘，周遭也瀰漫著一股浪漫氛圍。看得見夕陽下的見附島。能登的人都稱這座島為軍艦島，島上有神似軍艦的巨岩聳立，看上去很是壯觀。要是天氣晴朗，藍天下的白色沙灘一定很美吧。難得有機會來到增強戀愛運的勝地，可惜氣氛都被天氣破壞了。

溼暖的風吹起我的頭髮，好幾次擋住眼前的視線，我得拚命用手將頭髮撥開。當飛揚的細沙吸進氣管，造成不停嗆咳時，我終於忍不住了。

「根本沒看到哪裡有神社啊？拜託，今天這種天氣，我可不想走太多冤枉路。

還是找人問個路比較快吧？」

「沒那個必要。這方向沒錯。」

這隻狐狸到底有多頑固不知變通啊。再說，我一直很想問，那股自信是打哪來的？

「是喔，二紫名先生。」我這麼說，不甘願地走在他後面。這時，二紫名忽然指向前方。

「咦、什麼——」

視線朝他手指的方向望去，說到一半的話也打住了。通往海邊的路旁，有一道小小的鳥居。一個不小心，可能誰也不會注意到，就這麼從旁邊走過去了吧。那間神社就是這麼小。

「別小看我的嗅覺。」

二紫名得意地笑著，率先鑽過鳥居。

我凝視鳥居後方。這裡……祖母的記憶說不定就在這裡。在這間看上去平凡無奇的神社前，我暗自倒抽了一口氣。拍拍因緊張而發抖的雙腿，振奮精神。

——不知道該怎麼做才能取回記憶。即使如此，我還是會努力試試看的，奶奶。

環顧神社境內，果然還是很普通，沒什麼特殊之處。話說回來，要怎樣才能見到神明啊？

走在細窄的石板參拜道上，兩側錯落著幾個氣派的石燈籠。目不斜視一路走到大殿前，一直沉默的二紫名開了口。

「八重子，參拜看看。」

「啊？現在？這裡？」

「不然還有其他參拜的地方嗎？」

二紫名的語氣像是在說「妳在耍什麼笨」。這個嘛，是這樣沒錯，但是叫我參拜要幹嘛？

「妳該不會不知道怎麼參拜吧？」

因為我一直杵著不動，二紫名又說了挖苦的話。

「怎麼可能啊！」

只能說完全正中二紫名下懷，我立刻二鞠躬二擊掌，然後，忽然察覺一件事。

——啊，忘了先洗手。

不過，現在發現也已太遲。我決定說服自己，既然是偷走祖母記憶的神明，就不用跟祂講究這麼多禮數了。

閉上眼睛，專心許願。希望實現的，只有一個願望。

『請把奶奶的記憶還給我』。

我在心中複誦了幾次願望，正想最後一鞠躬時，忽然聽見某個聲音。

「什麼嘛，真無趣——」

明明剛才這裡除了我們之外，沒有其他人的啊。難道這是……

根據過去的經驗，這聲音的主人應該不是人類。竟然會產生這個念頭，看來，我已經太習慣跟妖怪在一起的生活了。

按捺加速的心跳，我輕輕睜開眼睛。於是——

「……啊！」

眼前的油錢箱上，站著一個身穿和服的女人。黑底的和服上，有紅、白及粉紅色的牡丹花圖案。女人年紀約莫二十左右，一頭富有光澤的黑髮梳得整整齊齊，眉毛與眼角微微上揚，長相給人有點霸道的印象，美麗的程度不輸身上那襲華美和服。最重要的是，只有她的周圍散發異樣的光芒。

聽到我驚呼的聲音，她瞬間皺起眉頭，像發現了什麼。

「妳看得見我喔？」

一臉訝異的她，輕盈地從油錢箱上一躍而下，湊到與我鼻尖幾乎相碰的距離，上下打量我。

我用力嚥下口水。她似乎將這個反應視為承認的意思，抿嘴一笑。

「果然看得見呢！好久沒有『看得見的人』來了！」

說著，她撲上來想抱住我。可是，身體卻從我身上穿透。

「噫……」

「嗳，妳來找我有事對吧？既然來了，就讓我們談談吧，反正我現在非常無聊。」

無視驚訝得發不出聲音的我，從我身上穿過後，她毫不在意地微笑。

「——是喔，妳叫八重子啊？我叫望。」

心跳好不容易恢復平靜時，眼前的美女自我介紹，說自己叫「望」。無論二紫名或黑羽，至今認識的妖怪，我都可以觸摸得到。這麼說來，眼前這個靈氣逼人的女人是……——

「……您應該是這裡的神明吧？」

「哎唷？妳知道得還真多。」

望娘娘嘴角泛起一抹淺笑，祂真是氣質高雅，態度又很親切。

出發前黑羽要我們小心，害我以為這座神社的神明跟鬼一樣可怕，沒想到根本就很隨和又親切嘛。等一下一定很快就會把祖母的記憶還給我們。

正當我這麼想時，望娘娘的視線忽然轉移到我身旁。

「——然後呢？這隻油光水滑的狐狸又是打哪來的？明知這裡是我的地盤，你還敢擅自闖進來？」

望娘娘依然笑容可掬。只是不知為何，笑容中隱隱透露著憤怒。

「望娘娘，在下乃鈴之守護神緣門下，名叫二紫名。」

二紫名報上名號。語氣雖淡然自若，我仍聽得出他有些緊張。

聽了二紫名的回答，望娘娘板起臉孔，用令人為之凍結的視線瞪著他。

「緣？……哼，原來是這麼回事。」

接著，冰冷的視線落到我身上。和剛才的笑容完全不同，一股怒氣朝我襲來，我像觸電似的動彈不得。

「什麼嘛，還以為來了個『看得見的』，居然是緣的人。我改變主意了，你們快滾吧。」

望娘娘用嫌棄的眼光注視我們，彷彿看到什麼污穢的東西。頭一轉，又走進油錢箱後方去了。

——不能讓祂走！

我急忙伸出手。想當然耳，不可能抓得住祂。

伸出的手撈了個空，擔心祂就這樣離開，心裡著急得不得了。回過神時，我已經開口大喊：

「請把祖母的記憶還給我！」

瞬間，祂的背影停下了。

「祖母的記憶？喔，妳剛才的確默唸了這個願望。」

望娘娘再次轉身，慢慢朝我們走回來，重新坐回油錢箱上。語氣冷淡，但似乎對我們稍微感興趣了。只是眼神還是冷冰冰的。

「——很可惜，我喜歡的只有可愛女孩的『戀心』，對老人的記憶一點興趣都沒有。」

「怎麼會……」

看我臉色大變，望娘娘嘻嘻竊笑，好像覺得很有趣。

望娘娘沒有偷嗎——？可是，祖母突然變得健忘，是在她經常到這間神社來之後的事。望娘娘絕對知道什麼。

「您還記得嗎？這五、六年，有個經常到神社來參拜的老人。她的名字叫圓技君江。」

「君江……」

聽到這名字的瞬間，望娘娘露出神祕的微笑。

「喔，那個老人啊。這麼說來，妳就是**那個**——」

「您認識她嗎！」

可是，我總覺得哪裡怪怪的。望娘娘那言外有意的語氣……難道，祂也認識我——？

「我想起來了，是個很奇怪的老人。那個老人也是**看得見**的人類。」

「祖母也是……看得見的人類……？」

我對這事毫不知情。

「是啊，妳不知道嗎？」

「……不知道。」

父親和母親都沒說過。所以，這件事一定是祖母的祕密。

「呵呵……可憐的小姑娘，讓我來告訴妳一件好事吧。」

望娘娘忽然伸出手，輕輕撫摸我的嘴唇。明明碰觸不到，被摸的地方卻感覺冰涼，使我毛骨悚然。

望娘娘臉上的笑容更加神祕，張開漂亮的嘴巴說：

「……很久很久以前，某處有個老奶奶。那位老奶奶向**某位神明**許了願望，她說『請告訴我取回孫女記憶的方法』——」

咦……——

祂……在說什麼？難道望娘娘指的是祖母嗎？這樣的話，祖母她……祖母她——

「聽說她去問當初偷走孫女記憶的神明，對方卻告訴她『不可能』。即使如此，老奶奶仍不放棄，又去拜託**某位神明**。」

望娘娘眼神發光，一副很開心的樣子講著這件事。

聽著聽著，我的身體急速發冷。好害怕，不想聽下去了。可是非聽不可……

「某位神明告訴她：『我可以告訴妳方法，但是，妳要經常來神社，說有趣的事情給我聽。』」

「請等一下。記憶被偷走時，必須由被偷走的人親手取回記憶。就算是神明，就算是您也無法——」

「閉嘴！」

望娘娘厲聲打斷二紫名。

「真是隻不會看臉色的狐狸，嘖，太掃興了。」

祂橫眉豎目，瞪視二紫名。但是，看到我在一旁發抖的模樣，又露出妖豔的微笑。

「……是啊，我確實無法做到那種事。只是很久沒遇見『看得見』的人類，就要著她玩玩，消磨無聊的時間。」

「您欺騙了她嗎？」

「哎唷，說得這麼難聽。對那個老人來說，有人能陪她說說話，不也挺好的嗎？」

望娘娘高聲大笑。

「不過啊，後來我漸漸開始同情那個老人了啦。不是嗎？明明不可能取回孫女被偷走的記憶，她卻一直執著在這件事上。既然如此，乾脆**全部忘掉**，她也比較輕鬆嘛。」

所以，我就偷走了她的記憶。望娘娘這麼說。我從祂的語氣裡感受不到「惡意」。從眼神看來，望娘娘甚至真心認為自己做了正確的事。

我不斷顫抖。希望這是個惡夢。要不然，就是望娘娘在說謊。可是，從哪裡到哪裡才是謊言——？

「呵呵，妳也真是好命。當妳祖母拚了老命祈求時，妳又做了什麼？」

然而，祂的眼神和話語，在在說明了這不是謊言。

是我……是我害奶奶失去了記憶——

「望娘娘，您這話未免說得太過。追根究柢，您一開始不要說那種謊話就沒事了吧？」

「哎呀，是這樣嗎？要是知道真相，那個老人難道不會受到更大的打擊嗎？」

望娘娘和二紫名爭辯的聲音愈來愈模糊。

取而代之的，柑仔店阿嬤和阿哲的臉清晰地浮現腦海。我想起他們喃喃低語「有天她突然就不認得我了」時，臉上那落寞的神情。

真要追究的話，都怪我不聽祖母的吩咐……不然，她的記憶也不會被望娘娘拿走。從田中阿嬤和阿哲身邊奪走他們重要朋友的不是別人，就是我——

我在不知不覺中跌入了深深的黑暗中，連自己站著還是坐著都不知道了。無邊無際的黑暗支配了我的心。

都怪我——

都是我害的——

「八重子！」

耳邊傳來大吼的聲音，將我拉回現實。定睛一看，地面離我好近，這才發現自己不知何時頹坐在地了。

望娘娘似乎正仔細地在觀察我，臉上滿是近乎可怕的笑容。

覺得好像有哪裡不太對勁，原來是右手傳來的暖意。不經意低頭一看，一隻白皙漂亮的手，牢牢握著我的右手。

——是二紫名。

平常他的手總是冷得像冰塊，現在或許因為用力緊握的關係，令我感到很溫暖。

「八重子，妳現在該做的事是什麼？」

意志堅定的聲音。二紫名蹲下身來，與我齊高的視線，群青色眼珠裡映出了我的身影。他的手正引導我朝正確的方向前進。

「該做……的事……」

向柑仔店阿嬤及阿哲道歉……？不、不對。那麼做只不過是自我滿足。不是這樣的。我該做的是只有現在辦得到的事。我不就是為此才來的嗎？

取回祖母的記憶。為了等待多年的祖父——

我緩緩起身，面對望娘娘。手還在不停顫抖，但有二紫名牽著我，沒問題。我先讓心靜下來，然後開口：

「請把祖母的記憶還給我。」

望娘娘難以置信地嘆氣，低聲嘀咕：

「真纏人……不過，算了，我並不討厭死纏爛打的小姑娘。」

說著，祂從背後的油錢箱角落拿出一個小盒子。大小跟戒指盒差不多，材質不太確定，顏色是美麗的乳白色。

「算妳運氣好。」

「什麼意思……？」

「記憶這種東西呢，本來只有被偷走的當事人才拿得回去。」

望娘娘愛憐地撫摸那個小盒子。

「可是啊，如果當事人死了，就變成誰都有可能把記憶帶走。這是我原本想處理掉才拿出來的君江的記憶……呵呵，要是你們再晚那麼點來，這東西就消失了。」

望娘娘把盒子遞到我面前，伸手可及的距離。就在我也伸出手，想要收下盒子時。

「——交換條件。」

望娘娘以嚴厲的語氣這麼說：

「交換條件……？」

「這也是理所當然的吧？妳以為可以免費從我這裡拿走嗎？天下哪有這麼好的事。我可以把這交給妳，作為交換，妳也得給我個什麼東西。」

望娘娘願意把祖母的記憶交給我固然是好事，但是我該怎麼辦才好呢？我沒有任何能交給望娘娘的東西。

「我該給您什麼才好……」

「這個嘛……」

望娘娘看了看我，又看看二紫名，只是靜靜微笑，像是想到什麼有趣的點子。

接著，祂的手指筆直指向二紫名。

「給我這隻狐狸吧。」

「什……您說什麼？」

出乎預料的答案令我驚慌失措。拚命尋找能說的話，卻什麼都說不出口。

「妳想知道為什麼？當然是因為他長得好看啊。」

「只為了這種理由……更、更何況您似乎一直看他不順眼吧！」

「呵呵……沒錯，我是看他不順眼。可是，重新調教緣的徒弟，不也挺有趣的嗎？」

「怎麼這樣……！可、可是……對啊，既然二紫名是緣大人的徒弟，我怎麼能擅自把他交給您！」

「我多的是辦法。只要成為我的徒弟，就絕對不讓他離開這座神社。也不讓他見任何人，只要陪我說話就好。」

不管我舉出什麼理由反駁，望娘娘都不肯讓步。別說讓步了，我說得愈多，祂愈是一副樂在其中的樣子。

二紫名也真是的，明明是他自己的事，他卻什麼都不說，只是站在一旁看我和望娘娘爭辯。

「我問妳，妳從剛才就一直拚命想勸我打消念頭，但這件事跟妳到底有什麼關係？不管這隻狐狸會不會變成我的，都跟妳無關吧？」

跟我有什麼關係？這句話使我心頭一驚。是啊，無論二紫名成為誰的徒弟都跟我無關。可是——

我用力握緊與二紫名相繫的右手。

可是，要是他成為望娘娘的徒弟，我就見不到他了——

內心深處一陣不安。之前明明一直想趕快擺脫二紫名的，事到臨頭卻一點也不開心。

——該怎麼說明這種心情才好呢？

我想起第一次在神社石階上見到他那天的事。宛如電影裡的一幕，那天，我情不自禁看他看得入迷。也才不過是幾天前的事，卻覺得我們已經在一起好久了。

從那張俊美的臉上完全看不出來，二紫名這人任性又沒禮貌。不知道挖苦了我多少次，每次都讓我火大不已。遇到重點時，又總是含混帶過，然後再次挖苦我。即使會在黑羽面前保護我，卻又任由黑羽和我定下約會的約定，完全搞不懂他在想什麼。

可是，他也有溫柔的時候。當我灰心沮喪，他總是陪在我身邊。儘管話不多，心確實在這裡。在我身旁。

現在還不知道怎麼說明這種心情也沒關係，只要在想起二紫名時，內心感覺溫暖，這樣就夠了吧。是啊，答案已經出來了。

——我不想放開他的手。

所以——

「望娘娘，抱歉。」

說出口的，是清楚拒絕的話語。望娘娘表情不變，依然緊盯著我，靜靜開口：

「妳不要記憶了嗎？」

「……我會去找其他方法。」

「為什麼？」

為什麼？這還用問嗎，當然是因為——

「因為二紫名……他是……我重要的——重要的朋友。」

話才剛說完，望娘娘就瞪大眼睛。接著——

「……哈哈……哈哈哈……討厭，說什麼『朋友』啦，她居然說『朋友』！可惜啊！噗哈哈！」

像是再也忍不住似的，望娘娘笑得前仰後合。我一頭霧水，只能疑惑地看著祂。朝二紫名側臉投以一瞥，不知為何他好像不太高興，這也讓我有點在意。

「……呵呵，不錯啊。即使我故意使壞心眼也不認輸。我欣賞妳。」

擦擦眼角笑出的眼淚，望娘娘把手中的小盒子丟給我。事出突然，我嚇了一跳，拚命張開雙手接住盒子。

落在手中的盒子雖然小，卻頗為沉重。是祖母生命的重量。

「真的可以給我嗎？」

「反正本來就是要處理掉的東西。再說，你們讓我看了有趣的事，對吧？……不過……」

「不過」。

我再次緊張起來。祂會不會又提出什麼要求？我屏氣凝神，倒抽了一口乾燥的空氣。

「不過，妳能不能偶爾過來陪我說說話呢？八重子。」

望娘娘用純真少女般的眼神看著我。看來，這位傷腦筋的神明是把我當成「朋友」了。

我忍不住笑出來，這麼說：

「您不嫌棄的話，這是我的榮幸。」

＊＊＊

我們回到鎮上時，天已經開始黑了。風雖然小了點，天上依然覆蓋著厚厚的烏雲。

不知為何，內心不太平靜。

祖母的記憶已經拿回來了。只要將這個交給祖父，他一定就能憶起往昔。沒錯，就是這樣，一點問題都沒有。沒有什麼好怕的。只不過是沉重籠罩的天空給了我不好的感覺而已。

一直看著鉛灰色的天空，彷彿連自己的心都變成了灰色。一定只是因為這樣。

「啊、是你們呀。」

和上次一樣，祖父站在橋頭。一看到我們就開心地舉起手。

「這麼慢才來，真抱歉。」

「沒事沒事，你們還願意來，我很高興啊。」

眼神溫柔的他，在現實生活裡卻成了鬼故事的主角，說來真是對他過意不去。不過，這種狀況也到今天為止了。

「那個……雖然沒辦法帶君江本人來，但我們帶來了她的記憶。」

我從口袋裡拿出裝了記憶的小盒子，交到祖父手中。

「記憶的盒子……？這個我也拿得住耶，真不可思議……」

祖父從各個角度仔細打量那個小盒子……然而，沒有發生任何事。把盒子拿到手中，然後呢？我用視線問二紫名。

「打開盒子看看。」

啊、對喔。只要打開就好。

「真是的——你幹嘛不一開始就先說啊！」

「看到盒子就打開，這不是理所當然的事嗎？」

我和二紫名小聲爭辯時，一旁的祖父喃喃低語：

「這個……打不開耶。」

聽到這句話，時間像是瞬間停止。

「打不開？不會吧！」

「不、真的打不開……」

給我看看！我強行奪過盒子，拿在手裡扭動。可是，不管怎麼推怎麼拉，盒蓋還是紋風不動。真的打不開。

「我猜——」

二紫名皺著眉頭，露出為難的神情。

「因為不是記憶的主人，想要打開這盒子，可能需要有適配的鑰匙。」

「鑰匙？這盒子上又沒有鎖孔……」

我上下翻看盒子，沒看到類似鎖孔的地方。

「不、不是物理性的鑰匙。以這狀況來說……對了，應該是某種『約定』吧？男女之間的『約定』，會是什麼呢？」

對於二紫名的疑問，祖父認真思考了半晌後，這麼回答：

「呃……我記得，我和她好像說過『一起去看盛開的櫻花』。只是，地點……抱歉……我不知道。」

「只要實現這個約定，一定就能打開記憶之盒了……剩下的，就是找到那個地方——」

「等一下。」

二紫名和祖父還在討論，我卻無法不插嘴。因為，如果他們現在說的是事實，這個約定根本無法實現啊。

即將進入四月下旬，樹上原本還有三分之一左右的花，也被這場春天的狂風吹得幾乎掉光。現在，樹上只有嫩綠的新葉。換句話說——

「沒有哪裡能看到盛開的櫻花了……」

我們站在原地不知所措，溼暖的風毫不留情地從背後吹來。這場春天的狂風，肯定在嘲笑這樣的我們。

伍　想傳達的心意

那天早上，有一搭沒一搭看電視時，螢幕上出現「隔壁鎮有熊出沒」的字幕。地方電視台的主播，一臉若無其事的樣子唸出這條新聞。

原以為是母熊下山找吃的，仔細聽了才發現，是從母熊身邊走失的小熊跑下山來。我盯著電視，出神地想：

——我也和那小熊一樣，迷失了方向。

前面幾次的尋物都太順利，導致這次不知如何是好，只能舉白旗投降。

彷彿在迷宮中團團轉，不知自己究竟會走到哪裡。以為這條路是對的，前進到最後才發現走錯路，內心滿是絕望。

迷失方向，闖進人類住宅區的小熊，接下來的命運不知會怎樣。他能回到母親身旁嗎？還是——

我嘆口氣，往桌上一趴。

「要是能早點來就好了。」

這樣的話，或許來得及看到盛開的櫻花。

我不經意地喃喃低語，當然也不是刻意想說給誰聽。可是，卻有一個人聽見了，慢慢走到我背後。

「早點來哪裡？這裡？」

——是母親。她朝電視望去，一邊叨唸「哇，好恐怖」，一邊坐在我身邊。

「……因為現在櫻花都掉光了啊。」

聽了我的回答，母親再次看著我，不解地眨眼睛。

「什麼嘛，還以為是多嚴重的事。櫻花明年再看就有了啊。」

「話是這樣說沒錯啦……」

可是，明年再看的意思，就是還要再等整整一年。換句話說，這一整年祖父都無法安心升天。我也拿不回自己的記憶。

二紫名不知道是怎麼想的。以他的個性，一定會試著找其他方法吧。

「小八真奇怪，今天是星期天，怎麼不出去玩……外面天氣很好耶。」

沒錯，今天是個萬里無雲的好天氣，難以想像昨天是那樣的陰天。那狠狠嘲笑了我們一頓的狂風大概也已笑夠，今天一早就停了。

「我不出去了，不是說有熊出沒嗎？」

內心暗自嘀咕「也沒那個心情出去」。

「呵呵，說的也是。」

母親似乎接受了這個說法，視線再度轉回電視上。

那麼，我接下來該做什麼好呢？雖然沒有任何預定計畫，姑且先跟二紫名見個面，商量商量……嗯，明天再去好了。

當我內心如此盤算時，母親突然發出讚嘆的聲音：

「哎呀～好美……」

我訝異地抬起頭，正好看見映在電視裡的風景，震撼得說不出話。

怎麼可能，不會吧？眼前的光景，令我有些難以置信。

驚訝得差點忘記呼吸，專注盯著電視看。螢幕裡的影像彷彿慢速播放，時間就像暫停了一般。

「已經到這時期了啊……」

耳邊傳來母親充滿感觸的聲音，暫停的時間才再度動起來。一個深呼吸後，我小心翼翼開口：

「媽媽，這是……」

「呵呵，這不就是小八妳名字的由來嗎？」

說著，母親露出促狹的微笑。她的答非所問，令我頓時感到困惑。

「咦？什麼意思？」

「哎呀，奶奶不是有告訴過妳？難道妳忘了？」

「奶奶告訴過我……？」

這麼說來，是在那段被我遺忘的時光中發生的事。

「是啊。小八，妳忘了嗎？那時學校不是出了回家作業，要妳們調查自己『名字的由來』──」

「重點不是這個啦！」

我想知道的不是自己何時聽過這件事，而是**祖母到底告訴了我什麼**。

「真拿妳沒辦法」，母親先這麼嘀咕，才向我娓娓道來。

＊＊＊

回過神時，我已經衝出家門。頭髮也沒梳好，身上穿的還是家居服。可是，已經管不了那麼多了。總之，現在必須盡快去找二紫名。

我以乘風破浪的氣勢向前飛奔。二紫名會不會誇獎我呢？會不會說我做得好？內心暗藏的一絲期待，使我鼓起勇氣，也不怕什麼熊了。總之，得快點、快點——

一抵達神社，映入眼簾的就是藍天襯托下顯眼的紅色鳥居。這麼說起來，第一次遇見狐狸姿態的二紫名時，我好像也正從這座鳥居底下穿過？無論那時還是現在，鳥居都凜然佇立於此。

一口氣衝上石階，汗水濡溼了瀏海。平日運動不足的關係，腳步開始踉蹌。氣喘吁吁地望向前方，一臉傻眼的二紫名正站在那。

「八重子？怎麼了？跑得這麼急——」

二紫名話都還沒說完，我已撲進他懷抱。滿滿的金木樨香氣。

「——怎麼啦？」

二紫名不知所措地撫摸我的頭髮。

拚命壓抑激動的心情，慢慢抬起頭。略顯困惑的二紫名的臉，有點好笑。

「跟你說，我知道了！知道他們兩人約定的場所……！」

「妳知道了……真的嗎？」

我猛點頭，他瞬間笑眯了雙眼。接著，靜靜地，用只有我聽得見的聲音說：

「……謝謝妳。」

頭髮被揉得亂七八糟，意料之外的感謝之詞，這些都讓我好想哭。可是，現在不是哭的時候。還不是。我拚命掩飾淚水，不讓二紫名發現。

「那麼，關於那個場所。」

我盡力保持冷靜，從包包裡拿出地圖。同時，二紫名也挪動身體，和我拉開距離。暗自希望在他懷中待久一點的我，是不是太不正經了呢？

攤開地圖，我指著目的地說「就是這裡」。

「有點遠呢。」

「對……走路應該到不了。」

目的地在遙遠的南邊，俱利伽羅隘口內的公園裡。從這裡開車過去都要至少兩小時。比我們至今去過的任何一個地方都還要遠。

「還是要再拜託小青小綠載？」

「……不、這距離太遠，她們沒辦法。而且這次還要帶妳祖父一起去，這樣會超載。」

不巧的是，那裡搭電車到不了。離隘口最近的交通工具，是一天只有一班的公車。

看來，只能搭這班公車去了。帶鬼搭公車說來好像有點怪，但也沒別的辦法。

我才剛打定主意，地圖就被人從上面伸手拿走。

「哇，看不懂……」

從背後冒出來的是黑羽。

「你、你什麼時候來的？」

「什麼時候……剛到啊。」

這麼說來，他應該沒看見我撲進二紫名懷中的樣子吧。幸好沒被看見。再怎麼拿心情激動當藉口，現在想想，那樣的舉止還是太大膽了。

想起二紫名背後的觸感，忍不住臉紅得發燙，急忙揮手搧風。

不過，黑羽像是完全沒察覺我的不對勁，難得看也不看我一眼，正在跟看不懂的地圖努力奮戰。

「喔喔，是這樣啊。」

「去得了嗎？」

「當然！飛一下就到了。」

「還要再去接另外一個人喔。」

「沒問題。代價是，你明天要代替我打掃。」

就在我一個人手忙腳亂之際，事情似乎朝難以理解的方向發展了。剛才二紫名是不是問了黑羽「去得了嗎」？

「嗳，你們兩個在說什麼啊？」

感覺只有自己像局外人，我不免有些火大，輕輕瞪了他們一眼。

「妳等著看吧。」

二紫名咧嘴一笑。

「等著看？是要看什——」

這時，「啪」的一聲，響亮的聲音迴盪神社境內。我花了幾秒時間才領悟到，那是黑羽擊掌的聲音。

沒有第一時間察覺，是因為一股白煙霎時間包圍了黑羽。不、不只黑羽，白煙的範圍擴散到我們四周，還氤氤氳氳往上飄。

「咳咳……這是、什麼……」

我一邊嗆咳，一邊跑出煙霧外。

凝神細看，煙霧後方隱約看得見拍動的黑色翅膀。什麼嘛，不就是黑羽的翅膀嗎？之前也看過了吧。只為了變出翅膀，搞了這麼大陣仗，這傢伙真會驚擾人。

可是，我馬上發現自己搞錯了。

那翅膀太巨大了，怎麼想都跟上次黑羽身上長出的翅膀不一樣。

煙霧散去後，看清巨大黑翅的全貌時，我忍不住倒抽了一口氣。

「二紫名……那個……這是……」

兩道翅膀，尖銳的喙，全身覆蓋著一層溼漉漉的黑毛，以這身姿態佇立的生物正是——

「烏鴉啊。」

「可是黑羽不是……烏天狗嗎？」

二紫名隨口回應，語氣再自然也不過。

「兩者差不多吧，不用在意這種小細節啦。」

不、烏鴉和烏天狗絕對不一樣吧……儘管這麼想，既然已有小青小綠的前例，我也知道這時繼續追問下去也沒用。

眼前的烏鴉，全長大概有十公尺。為了不撞到神社內的樹木，侷促地弓著身體，所以實際上的形體應該比看上去的更大。寬闊的鳥背，就算供五個人騎上去也不是問題。

——嗯？騎上去？

這時我才終於恍然大悟，剛才二紫名和黑羽在說什麼。難道……

「我、我們該不會要騎這個去吧？」

「妳今天腦筋轉得很快嘛，沒錯喔。」

不妙的預感成真。就算為了這種事被稱讚也開心不起來。

「啊！好大的鳥喔！」

「好大喔！」

這時，聽見騷動聲的小青小綠來了。她們一下就衝到黑羽身邊，雙眼因好奇而發亮。

「噯，你們大家要去哪裡？小青也要去！」

「小綠也要去！」

「妳們兩個別鬧了，我們可不是要去玩的喔。」

「人家知道啊！沒關係吧？小八姐姐？」

「沒關係吧？」

「咦？呃——」

不等我回應，小青和小綠就跳到黑羽背上去了。看到她們這樣，二紫名只能搖頭嘀咕，那表情有點好笑。平常老是我被二紫名耍得團團轉，很少看到二紫名拿誰沒轍，感覺真是新鮮。

「——快上去吧，準備出發嘍。」

繼小青小綠之後，二紫名也騎上黑羽的背，朝我伸出手。儘管有些猶豫，我還是抓住了他。驚訝的是，他輕輕鬆鬆就把我一把拎上去了。

黑羽的背比想像的還滑溜，要是不把自己固定在某個地方，說不定會半途滑下去。當然，跟普通的烏鴉一樣，他的背上不可能有安全帶之類的東西。

前幾天騎在小青身上時，只要緊摟住她的脖子就不會摔下去，這次可沒辦法這麼做了。黑羽的脖子比小青粗得多，我就算用兩隻手也未必能環抱起來。

「噯，要抓哪裡才好啊……？」

找不到可以抓的地方，我的雙手在半空中游移不定。這時，二紫名用力拉住我的手，我就這樣順勢從背後抱住了他。

「欸！等、等等！」

「抓緊喔。」

出乎預料的肢體緊貼使我心跳加速。金木樨甜美的香氣刺激鼻腔，不由得一陣頭暈目眩。剛才飛撲到他懷中，下意識抱住時還不覺得怎樣，一旦像這樣清楚意識到自己抱著他，實在無法不感到害羞。拜託，千萬不要讓二紫名聽到我心跳的聲音……

「嘎！」

黑羽啼叫一聲，四周掀起旋風。叫聲果然跟烏鴉一樣。聽見黑羽叫聲的同時，二紫名在我耳邊低語：

「——別嚇暈了。」

「咦？你說什麼……啊！」

還來不及反問二紫名，黑羽突然振翅疾飛，倏地加速。回過神時，美麗的藍天已在眼前開展。不經意往下看，神社小得像米粒。怎麼……這麼小……

「等等、等等、好、好、好高啊……」

不會飛得太高了嗎？我想這麼說，口齒卻含混不清。只能在內心不斷告訴自己「別往下看、別往下看」。

「呵呵……看妳的反應，真是一點也不會無聊耶。」

二紫名笑得很開心。

半路接了祖父，一行人朝俱利伽羅隘口前進。

一開始覺得可怕的天空之旅，習慣之後也比想像中舒適。上次騎小青時，因為跟不上她的速度而頭暈目眩，這次只要不往下看就好。甚至覺得破風前進的感覺很棒。

放眼望去，盡是一覽無遺的晴空。那彷彿沒有邊境的群青，令我想起二紫名的眼珠。不知為何，看到這個顏色就會覺得一切都「沒問題」了。

「話說回來，竟然連我都能載～」

祖父如此感嘆。

關於這點，我也很吃驚。原本以為觸摸不到東西，碰到什麼都會穿透的鬼魂，一定沒辦法「乘坐在什麼東西上面」。

然而實際上，祖父現在就跟我們一樣，乘坐在黑羽的背上。只是，他似乎不會受到強風影響，手不必抓住任何地方。

「一般來說沒辦法，但因為黑羽是妖怪，所以鬼魂也能觸碰得到。」

二紫名這麼解釋。平常沒有想太多，今天這句話卻深深刺入心中。瞬間再度提醒了我，人類和妖怪是不一樣的。

「對了——」

當我遠望著天空出神時，祖父湊上來，睜大那雙泛著淡淡綠色的眼睛問：

「妳怎麼會知道的啊？我和她『約定的地方』。」

「喔，這是因為——」

祖父的疑問，使我想起母親說的話。

『——聽說那個地方，是爺爺向奶奶求婚的地方喔。』

『求婚……』

「什麼啊小八，妳真的一點都不記得了嗎？」

母親露出訝異的表情，又接著說：

『奶奶說她一直忘不了當時看到的景色，心想如果生了女兒，就要取名叫八重子。』

她又笑著說：「可是生下來的是妳爸爸。」

『那就不行了嘛。』

『呵呵，對啊。不過，聽了她這麼說，我暗自打定主意，如果自己生了女兒，就要取名叫八重子。』

『妳被奶奶影響了喔？』

『這點也有啦。還有就是，爺爺不是過世得早嗎，所以我想讓奶奶知道，爺爺的愛有被好好傳承下來喔，在她的身邊還有八重子在喔。』

電視螢幕上仍映著那個地方的景色。女主播以略帶興奮的語氣說「現在是花開得最美的時候」。

『……真的好美喔，這個——』

「……喂、喂喂？」

祖父舉起手在我眼前揮了幾下。糟糕，我想得出神了。

「啊、抱歉。這個嘛……是祕密。」

祖父好像還想問什麼。不過，我認為對他而言，與其聽我說，不如靠自己想起來比較好。

「看得到了喔。」

二紫名忽然這麼說。從他背後往前看，才發現電視新聞裡看到的那片景色已經近在眼前。通往公園的道路兩旁，成排的樹木只能以壯觀來形容。

我們確認過沒有旁人後，在公園前面落地。走在路上，原以為二紫名會過來說「回程也要抓好喔」，他卻什麼都沒說。只是像看到什麼耀眼的事物般，瞇細了眼睛，望著眼前的**那個**。

不多久，我們每個人都默默停下腳步。就連總是吵吵鬧鬧的小青小綠和老是纏著我的黑羽，在這個時候也都沒有開口說話。輕撫臉頰的微風，將花瓣柔柔帶往我們身邊。

層層疊疊的枝頭上，綻放著滿滿的花。和即將落盡的夢幻櫻花相比，這裡的花更具生命力。粉紅色的花朵，與藍天相映成輝。

我名字的由來。同時也是祖父與祖母寶貴的愛情記憶——

內心一陣激動。這是期待？還是不安？我不知道。雖然不知道，唯有一件事可以肯定。

——能來這裡真是太好了。

母親的聲音浮現耳邊。

『……真的好美喔，這個——』

「……這個八重櫻。」

一直站在這裡也不是辦法，我們今天來，是為了某個目的。

「這個請您拿著。」

再次將祖母的記憶之盒交到祖父手中。這次一定會順利的。我、二紫名、黑羽、小青和小綠，大家在一旁關注祖父的動作。

祖父手指輕輕撫摸盒子。瞬間，聽見解鎖的喀嚓聲。接著，四周便籠罩在一團炫目的光芒中。

好溫暖。這就是……祖母的記憶。

然而，那也只是一瞬之間的事。再次睜開眼時，眼前已恢復與打開盒子前無異的景色。

「……咦？還是不行嗎……？」

「噓！安靜點——」

二紫名摀住我的嘴，我只能無奈用眼神詢問「怎麼回事？」二紫名輕輕一笑，視線朝祖父轉移。我也跟著望向祖父。

祖父他——他在笑。邊哭邊笑。

「……終於……見到妳了……」

輕聲低喃，語氣聽得出他的喜悅，也帶著某種懷念之情。

我們什麼都看不到。不過，祖父肯定看到了什麼。而那一定是祖母。

「我想起來了喔，君江……是君江、君江……」

祖父一次又一次喊著這個名字，聲音充滿愛憐。

「是啊，就是這樣……我們就是在這裡約好的……」

像是用手一一拾起散落的記憶。「為什麼我會忘了這麼重要的事呢？」這麼說著，祖父難過地皺起眉頭。

「明明是我自己先說的……說我死了之後，我們每年都約在這裡賞花吧。只要約好就不會寂寞了吧？明明這麼說了，我卻把這件事忘記……現在好不容易想起來，卻又遲了一步……在一起看櫻花之前，妳已經到天上去了。妳是不是一直在這裡等我？孤零零地望著這些櫻花？每年、每年……都只有自己一個人……君江、君江……對不起……君江……」

寂靜的公園裡，只有祖父懺悔的聲音迴盪。

祖母是否在這裡聽著呢？她是否也對祖父說了什麼？我什麼都看不到也聽不

見，只希望如我想像的，祖母就在那裡。

「——真要說起來，是我太卑鄙了。」

祖父悄悄低垂視線，幾絲淚水從他臉頰滑落，還沒落到地面，就在半空中消失了。

「向妳求婚時……說什麼自己已經快死了，希望能和妳共度僅存的時間，這根本就是情緒勒索……明知妳有另一個感情很好的異性朋友，卻還利用妳的溫柔善良，硬是和妳結了婚。最後還做了這種約定，好讓妳無法忘記我……我真的太卑鄙了。什麼都沒能給妳，就連開心的回憶也寥寥可數吧？要是沒有和我結婚，妳或許能過得更幸福，也不必承受這麼多寂寞了。抱歉，君江。我知道事到如今才道歉已經太遲，可是還是想說……對不起……對不起……」

這時，祖父睜大了雙眼，語帶困惑地說：

「……妳為什麼還笑得出來？我做了這麼過分的事，妳怎麼不生氣？……是啊，是啊，妳總是面帶笑容，即使是痛苦悲傷的時候也一樣。」

祖父輕輕伸出手，緩緩地，像在觸摸什麼。

「……嗯，我知道。我知道妳想說什麼。我不能再給妳造成更多困擾了。沒問題，到那個世界再見面吧。這次，讓我們慢慢牽手共度——」

祖父才剛說完，光芒再度籠罩周遭。好像又聽見了小小的喀嚓聲。

我睜開眼，只看見抬頭仰望天空的祖父。手上的盒子消失了。

「那個……」

我忍不住開口，卻不知道該說什麼才好。這稱得上是他期待的重逢嗎——

「她啊……」

正當我吞吞吐吐時，祖父說：

「她什麼都沒說，只是一直微笑。」

什麼都沒說——

「你們……沒能展開對話嗎？」

「盒子裡的是君江的記憶啊。即使其他人打開盒子，也無法分享她的記憶。只是，打開盒子的人能看見當時君江和那個人關係最密切的模樣。」

「怎麼會這樣……」

二紫名說的話，使我感到一陣心痛。如果他說的是真的，祖父剛才的一番懺悔，根本沒有傳達給祖母本人。

「是啊，沒關係。反正一切都只是我的自我滿足。事到如今道歉也改變不了什麼，她失去的時光已經無法倒流了。」

祖父笑得虛弱無力。

不對、不是的。我赫然察覺。

我一直以為，只要把祖父的心意傳達給祖母，解開誤會就好。可是，重要的不只是如此。祖父自己也因誤會而受了傷，所以也要**將祖母的心意傳達給祖父**才行。能夠做到這件事的人，只有我。

「——我認為，您沒有必要道歉。」

不知不覺中，我已經脫口而出這句話。

「君江女士她……她也是真心愛著您的！她也曾非常幸福過！」

因為柑仔店的田中阿嬤不是說過嗎？說祖父過世後，祖母甚至認為自己什麼時候死都無妨。對祖母而言，祖父就是她的希望。

「所以，說什麼自己利用了她，什麼都沒能給她……請不要說這種話……！」

祖母對祖父的情感，並不只是出於善良的同情。我想讓祖父知道，也希望他能明白，祖母是真心愛著他，才決定和他結婚的。正因你們一起看過的景色與求婚的瞬間對她而言非常重要，我才會被取名為「八重子」。

「請不要說什麼『要是沒有和我結婚』那種話、那種話──」

請不要說那種話。正因為你們結了婚，世上才會有我啊。拜託，您一定要明白──

一瞬的靜默後，祖父喃喃低語：

「……妳這個人真是不可思議。」

我驚訝地抬起頭，祖父臉上已是一片雨過天青。

「謝謝妳。是啊，妳說得沒錯。我竟然懷疑她的心意，真是瘋了。」

呵呵一笑，祖父凝視著我，眼中已沒有迷惘。

「這個給妳。」

說著，他將祖母的戒指交給我。

「這是……」

「不是約好了嗎？我對這個世間已經沒有留戀了。也和她……和君江一起賞了櫻花，接下來就到天國去見真正的她吧。雖然不確定能不能碰到她，但我一定會努力找出她來。這次，要真的讓她幸福。」

祖父靜靜微笑，身影從下往上慢慢消失。就像嘩啦嘩啦掉落的細沙。

他要走了。就在終於只剩下臉的時候，祖父說：

「能見到妳……能見到妳真好。」

祖父消失後，我們又欣賞了好一陣子的櫻花。心情好久沒這麼平靜了。我在心中許願，希望祖父母能夠獲得幸福。

「嗳、二紫名。」

我朝背對我眺望櫻花的他開口：

「奶奶不是『看得見的人』嗎？如果他們真的在這世間重逢了，說不定她也能看見爺爺？」

「或許喔。」

我陷入想像。要是祖父知道祖母看得見他，會發生什麼事呢……他一定會停留在祖母身邊，說什麼也不願升天了吧。這麼一想，不由得一陣莞爾。

「怎麼啦？」

看我抿嘴竊笑，二紫名一臉疑惑。

「沒什麼啦。拿去吧，這個。」

我說的是手中的戒指。只要將這個交給他，這趟旅程就結束了。時間過得真快，不過，很開心。

「啊、喔……是啊。」

二紫名緩緩伸出手。沒問題，我已經做好心理準備了。看著祖父，我心想，我也想見見祖母。見了面，有些話非得告訴她不可。

二紫名的手一碰到戒指，戒指就消失了。看來已順利傳送到緣大人手中。

「……我們回神社吧。」

二紫名這麼說。我內心低語：

「二紫名，謝謝你。」

＊＊＊

太陽下山了，這代表一天即將結束。可是，太陽下山後，輪到月亮出來了。對月亮而言，這才是一天的開始。因此，結束一定總是伴隨著開始。

紅潤的太陽像一顆融化的彈珠，漸漸滲入天空。對了，回家後喝瓶彈珠汽水吧。

「八重子。」

爬上最後一級神社石階前，二紫名叫住回頭仰望天空的我。我轉頭說「現在就過去」，想將這趟旅程最後的夕陽烙印在眼底。

二紫名什麼都沒說。只是緩緩走向大殿。我也跟著走上去。

不知為何，突然覺得夕陽下的神社好美。

「——妳先在這邊等。」

二紫名站在大殿正前方，已經不再開玩笑叫我「參拜一下」了。這讓我有些寂寞。

「緣大人，我帶八重子來了。」

平靜的語氣，比平常更嚴肅。

緣大人……終於可以見到祂了。這麼一想，心跳瞬間加速。祂就是偷走我記憶的人。

陽光下的空氣一片朦朧。

「喔？妳就是八重子嗎？雖然已經聽一紫名說過，沒想到是這麼個小姑娘。」

大殿深處傳出了說這話的聲音。可是，好像有點怪怪的。因為，這聲音怎麼聽都是——

朦朧的空氣漸漸變得清晰，出現在那裡的，是個身穿白衣的男孩。年紀大約十二、三歲吧。有著一身幾乎與白衣融合的白皙肌膚，長長的睫毛、玫瑰色的臉頰和嘴唇，一雙靈動大眼與一頭中長髮。這就是一般常說的「美少年」吧。

「初次見面，八重子，我是緣。」

沒想到等在最後的是這麼個驚喜。我一直以為緣大人是位女神，沒想到……是一個美少年。

「謝謝妳幫我找那些器具。」

緣大人微微一笑。啊、怎麼會有這麼美的人，我情不自禁看得出神。

「然後呢？妳希望拿回記憶是嗎？」

「啊、是的、是的。」

我略帶緊張地回答。緣大人輕聲笑道：

「說真的，我很少歸還記憶。不過，妳不但幫忙找回器具，我家那隻狐狸也承蒙妳關照了，還是趕緊把記憶還給妳吧。」

緣大人這麼說著，將雙手攤開，放在自己胸口。瞬間，祂的手上多了三樣東西。正是汽水彈珠、音樂盒和戒指。

「八重子。」

「啊、是！」

緣大人朝我們走來，髮絲搖曳——就在這一瞬間，祂穿過了我的身體。

「呀啊……」

明知會這樣，還是很難習慣這種事。

「妳在做什麼，過來這邊啊。跟我來。」

看我僵在原地，緣人人也不以為意，淡淡地要我跟上。

跟著緣大人走，最後抵達的也不是什麼奇怪的地方，就是神社入口的鳥居。或許因為正值日落時分，青色光芒照亮了四周。藍調時刻，夢幻的瞬間。

除了遠方的蟲鳴，聽不見其他聲音。鳥居佇立靜謐之中，散發某種神祕又令人畏懼的氛圍。耳朵深處聽見的是自己怦怦的心跳聲，還不知怎地突然冷了起來。

「——取回記憶有幾個步驟。」

緣大人的聲音舒緩了緊綳的空氣。那溫柔的語氣驚醒了我，感到身體重拾體溫。

「首先，必須重現失去記憶時的狀況。」

妳應該想得起來吧？緣大人歪著頭問。

「呃、呃……」

記憶被偷走的時候……那時的事我記得很清楚。

「——我從鳥居底下穿過時，放開了祖母的手。」

聽了我的回答，緣大人滿意地微笑，又說「那麼，現在開始重現那一幕」。

「重現……是要怎麼做呢？」

當時牽著我的手的祖母，已經不在這世界上了。緣大人沒有回答我的疑問，只是緩緩取出三樣器具，將它們圍繞著我放下。放置器具的三點連成一個三角形，我就站在三角形的正中央。

「請問……緣大人……？」

在沒有任何說明的狀況下，只有準備不斷進行，使我困惑不已。二紫名也好，黑羽也好，甚至眼前這位緣大人也是一樣，這些跟妖怪扯上關係的人好像都很我行我素。

「君江已經不在了，這次就讓二紫名扮演她的角色。」

「欸……扮演角色是指——」

來吧，二紫名。在緣大人呼喚下，原先一直默默站在旁邊的二紫名走到我身邊，接著——

右手感到一陣冰涼。二紫名的左手緊緊握住我的右手，那一瞬間，內心深處竄過一陣甜蜜的電流。過去也和他牽過不少次手，為什麼這次心跳得這麼快，明明就快和他說再見了……

「接下來會注入我的力量，八重子只要往前走就好。在妳穿過鳥居那一刻，記憶之路就會展開。不用怕，不會發生任何恐怖的事。冷靜往前看，眼前會有三個八重子的記憶之盒，妳可以當場打開。」

「……好的。」

不知道記憶之路會長什麼樣，要說沒有不安那是騙人的。但是，有二紫名在就沒問題了吧。

「只有一件事要特別注意。」

緣大人放低了聲音，用嚴肅的表情看著我。

「可不能因為那裡太舒適，就不小心待得太久喔。」

「待得太久……？這是什麼意思？」

「到時候妳就知道了。如果待得太久，會回不來這邊的……所以，一定要小心。」

說著，緣大人雙手於胸前合十，用我幾乎聽不到的微弱聲音誦唸起什麼來。

下個瞬間，眼前的景色使我頓失言語。幽靜陰暗的神社裡，突然出現高掛紅燈籠的各色攤販。還不只是如此，攤位上飄出炒麵的香氣，聽得到大叔吆喝攬客的聲音。那年夏天的祭典景色，在我眼前重現。

我傻傻站在原地，二紫名用力拉我的右手說「快走吧」。我已做好心理準備，慢慢地，一步一步踏上通往鳥居的路。

右腳通過鳥居底下的剎那，感覺到自己意識逐漸遠去，急忙握緊二紫名的手。緣大人騙人，怎麼會不可怕。

站在神社境內的緣大人輪廓愈來愈模糊，意識還勉強清醒之間，聽到祂的聲音：

「幫我跟君江說『謝謝』——」

＊＊＊

——好溫暖，非常溫暖。

又像空氣，又像水，一種難以形容的感覺包覆著我。第一次有這種感覺，奇妙的是並不覺得恐怖。好像很久以前來過這裡似的，就是這樣的感覺。

「八重子。」

聽見二紫名呼喚的聲音，我睜開眼睛。然而，才剛聽見他的聲音，卻又不見二紫名的人影。

正確來說，是我什麼都看不見。映在視野中的只有一團白霧，我連自己是站著還是騰空都不確定。

「二、二紫名……」

叫他也沒有回應。這麼看來，至少他不在附近。是走散了嗎？

突然不安起來。仔細回想，至今不管到哪，我們都在一起。每次我都只是跟著二紫名團團轉而已。這麼一想，又覺得自己真沒用。

——明明是我自己的事。

不行，這樣下去不行。我抿緊雙唇。

不能老是依賴別人，得自己想辦法。因為這是我的、我自己一個人的故事——改變觀念後，眼前的白霧忽然散去。真不可思議，簡直就像讀取了我內心的想法。

『眼前會有三個八重子的記憶之盒——』

一如緣大人所說，眼前確實有盒子。可是，不是三個，只有兩個。兩個盒子浮在半空中。

「……真奇怪。」

不管怎麼看，都只有兩個盒子。是緣大人搞錯了嗎？竟然還會有這種事，連神明都會搞錯。

「算了，也沒辦法。」

總而言之，現在這裡就只有兩個，我也沒想太多，伸手拿起其中一個。盒子沉甸甸的，裡面裝著我的記憶。抱歉啊，曾經放開了你們。雖然花了不少時間，但我現在來取回了喔。回到我這裡來吧。

一個深呼吸，慢慢打開盒蓋。一陣刺眼的光包圍我，接著——

『我叫圓技八重子，請多多指教。』

聽見打招呼的聲音，語氣結結巴巴。

教室的最前方，少女背對黑板鞠躬。抬起頭，視線集中在一個點上，感覺很緊張。顫抖的手藏在背後，扭捏不安地聽著一旁的老師向同學說明。

那是我。看外表應該還是小學低年級。原來如此，這是我剛到這個鎮上時的記憶。

我就像變成鬼魂一樣，從**外側**看著自己這樣的「過去」。沒有人察覺我的存在，感覺有點奇怪。

一個回憶落幕後，眼前又會浮現另一個回憶。

陰暗的教室裡，沒有其他人，只有一個少女趴在桌上。長長的瀏海夾起來，垂在額頭旁邊。比剛才長大了一點的我，對趴在桌上的少女說：

『——曖、小町。』

少女慢條斯理地坐起身子，什麼也不說，只是揉著紅紅的眼睛。應該是剛哭過吧。臉上當然沒有化妝，不過現在的小町卸妝之後也差不多長這樣。

『那種事妳根本不必放在心上啊。小町不是常告訴我嗎，要我別管那些傢伙怎麼想。他們只是以捉弄人為樂，是最低級的傢伙。妳只要跟平常一樣罵他們囉唆，踢他們一腳就好了嘛。』

『我也知道，可是——』

小町狠狠盯著前方，但是視線像是抵擋不了重力，再度往下垂。

『就是很不甘心……』

最後，她只能瞪著桌面這麼嘟噥。

『……嗯。』

我在小町前面的位子上坐下，看著天花板發呆。大概沒想到我會什麼都不說，小町抬起頭，睜大眼睛。

『嗳……！要怎麼樣才能像個女孩子啊？』

小町的煩惱出乎我的意料。的確，那時的她和現在不一樣，打扮和說話語氣都像個小男生。可是，我真的沒想到她會為這種事苦惱。

『像個女孩子？小町本來就是女孩子了啊。』

『可是那些臭傢伙不是說了嗎，說我是男的，一點也沒有女人味，還說我是暴力男。』

『不是叫妳別在意他們說的話了嗎……──』

『不是那樣的，小八！』

小町忽然大喊，眼裡蒙上一層水霧。

『我……我知道，自己一點也不像個女生。總是跟男生打架，身上老是帶傷……就是因為知道自己這樣，才會那麼不甘心。因為那些傢伙說得沒錯……』

小町一口氣說到這，懊悔地咬著嘴唇。

『不然，妳要不要試著學烹飪？』

『……欸？』

聽了我的話，小町睜圓了雙眼。

『妳想想看嘛，要改變穿著或使用的東西都得花錢，可是烹飪的話，只要幫忙做家事就能辦到，還不用花錢。』

『可、可是……』

小町為之語塞，也難怪她會這樣。連我都對自己這提議感到困惑，歪著頭靜觀其變，等著看兩人接下來如何對話。

『我奶奶說啊，女人味要從看不到的地方開始培養。』

『看不到的地方……？』

『換句話說，應該就是磨練自己的內在美吧？如果是烹飪，應該可以磨練到自己的內在美？』

『…………』

小町盯著自己的雙手，不安地皺起眉頭。她一定根本沒做過菜吧。沉默了幾秒，打破僵局的是我少根筋的「啊哈哈」笑聲。

『——這只是我硬湊的歪理啦……其實啊，最近奶奶在教我做料理喔。她說妳是女生，至少該學會做幾道像樣的菜吧。不過啊，我手藝還很差，最近開始厭倦烹飪了啦。』

我促狹地吐了吐舌。

『所以啊，要是小町不嫌棄的話，要不要跟我一起學烹飪呢？有妳一起的話就太好了……我是這樣想的啦。』

『我……我能學得會嗎？』

『小町的手比我還巧，一定學得會！再說，如果小町也來學做菜，奶奶一定會很開心……』

小町盯著桌面思考了半晌，最後抬起頭，用堅定的眼神看著我說：

『……要是能讓小八和圓技奶奶開心……那我願意試試看。』

『真的嗎？太棒啦！』

我興奮地從椅子上起身，四處蹦蹦跳跳。

『小八……謝謝妳。』

小町輕聲這麼說，可惜樂翻天的我似乎沒聽見。不過，她的臉上已經完全看不出剛才的憂鬱，展現出開朗的模樣。

對啊，我想起來了。後來我們兩人一起跟祖母學做菜。比起怎麼學都進步有限的我，小町的烹飪手藝則是愈來愈出色。

第二個回憶落幕，接著又是另一個新的回憶。

出現的場景，是學校的轉角樓梯間。一個少年抱膝坐在那裡。我從背後走向他，慢慢在他身邊坐下。

少年不知是否察覺我的靠近，身體抖了一下，快速抬起頭。雖然體型比現在更瘦小，但那毫無疑問是昴。

這次是和昴之間的回憶啊——

『涼森同學，你在這裡做什麼？』

我這麼向昴搭話。

『沒什麼……沒事。』

昴低垂視線，低聲回答。

『什麼沒事……你不跟大家玩嗎？午休快要結束了喔？』

『那種事跟圓技同學妳無關吧。』

光看現在的昴，實在難以想像他會用那種帶刺的方式說話，我有點嚇到。

『是喔。』

意外的是，當年的我沒有當場離開，就這樣什麼也不說，繼續坐在他身邊。

兩人沉默了幾分鐘，先坐立不安的是昴。

『噯、妳為什麼都不說話？一般人應該會問幾句怎麼啦？之類的吧？圓技同學，妳好奇怪。』

『你希望我問嗎？』

『……………………』

『我奶奶說啊，如果有人心情不好，就什麼都別說，陪在對方身邊就好。』

『咦……………』

就這樣，沉默再次籠罩我們。可是，已經沒有剛才那種令人喘不過氣的沉重感覺。昴轉動眼珠，似乎有點困惑。

『我啊……』

勉強擠出聲音的昴身體微微顫抖。

『我在教室裡待不下去。』

『咦？』

『啊、並不是有人霸凌我啦，只是有點……每次我說了什麼，就會被亂開玩笑，或是……』

『那就是霸凌啊。』

『不、不，我自己也有不對。我個子小，體能又差，老是在看書……』

昴替霸凌他的同學說話，讓我不滿地皺起眉頭。

『什麼嘛，涼森同學才奇怪吧？個子小是你的錯嗎？體能差有對誰造成困擾嗎？老是看書不行嗎？』

聽了我這番話，昴驚訝地睜大眼睛。然後，他再次低下頭，小小聲地嘟噥：

『沒有……不行……』

我嘆口氣，從口袋裡拿出一張紙。看起來像是某種傳單。

『你要不要打籃球？』

『欸？』

面對我突如其來的提案，昴忍不住驚呼失聲。連在一旁看著這一幕的我都跟著發出怪聲了。那時的我到底在說什麼啊？

『是這樣的啦，我自己想運動，就請爸爸找體育教室，結果他說隔壁鎮上有籃球俱樂部。』

『咦、呃……』

『我想，去那邊的話，應該不會遇到我們鎮上的人喔。』

說著，我微微一笑，強迫昴收下那張傳單。

『那、個……圓技同學，這是什麼意思？』

我和昴一樣，差點脫口而出「這是什麼意思」，不過最後還是硬生生吞回去，安靜在旁守著兩人接下來的對話。

『我奶奶說，要是不甘心，就讓對方刮目相看。』

『……咦？』

『等你打得一手好籃球，一定沒人會再霸凌你嘍。』

『是這樣嗎……』

『男生不是都這樣？遇到比自己厲害的人，就不敢霸凌了。』

『…………………』

昴似乎還有點不服氣，輕輕歪著頭。

『再說，我認為如果有一件足以自豪的事，人就能變得強大。』

昴的眼神有些動搖。

再看一眼傳單，仔細讀遍上面每個字。再抬起頭時的昴，表情像是有點憤怒，把傳單捏扁，展現了他的決心。

『我要去，我想去。』

『嗯，那我們一起去打球吧。這個，記得去報名喔，昴。』

『咦……？』

昴睜圓了眼睛。我對他嘻嘻一笑。

『我們不是要參加同一個運動俱樂部了嗎？這樣就算是朋友了吧？你也可以叫我小八。』

『咦……喔……嗯……』

那就這樣，回頭見喔。說著，我衝下樓梯。昴目送我的背影離去，就在快看不到我的身影時，急忙開口說：

『小、小、小八！謝謝……謝謝妳！』

我想起來了，就是這樣。後來我們雖然一起加入運動俱樂部，我卻嫌來回都要搭電車太累，最後只有我退出，昴則留下來繼續打球。

第三個回憶也落幕了。之後，更多更多回憶在我眼前上演。

沒錯，我們三人總是在一起。

當我嚷嚷著不會算數學時，昴每次都仔細教會我。明明是男生卻有一頭柔順頭髮的昴，是我的理想。

小町則教了我怎麼翻身上單槓。男同學取笑我「連這都不會時」，是她挺身而出為我說話，幫我跟那些男生吵架。直到我說「好了啦」才停下來，把那些男生嚇到都哭了。

遠足也很開心。一路上三個人偷偷聊天，一點都不覺得累。

還有運動會，記得我們這隊應該贏了吧。啊、小町高興極了。

暑假，三個人出了一趟遠門，到隔壁鎮的海邊去玩。記得那時，我們想來一次小小的冒險，所以瞞著父母沒說。結果回家後，三人都被罵了一頓。

對了對了，入冬之後，我們一起鑿了一個好大的雪洞。這樣看下來，只有昴負責的部分特別工整漂亮，真有趣，從這種地方也能看出個性。

好多閃閃發亮的回憶，每件事都非常珍貴。沒有一個回憶是忘記也沒關係的事。

光芒漸漸收斂，回過神時，手中的盒子不見了。

我將回憶的殘光小心翼翼握在手中，姿勢就像祈禱。

最喜歡他們兩個了，我重要的好友。對不起，我曾經把這些事都忘了。

輕輕張開手心，與朋友們的回憶已經好好回到我心中了。這麼說來，剩下的那個盒子是——

深吸一口氣，再緩緩吐出。就這樣而已，只是這麼做，已足以讓我的心穩定下來。

「奶奶，等等我喔。」

我打開另一個盒子。

『鄉下地方什麼都沒有，抱歉啊。』

溫柔的聲音。緩慢的節奏。灰白的短髮。小小的手上，浮出青色的血管。笑起來眼尾都是皺紋。這張臉——

一切都是那麼教人懷念。我的奶奶。

啊、是奶奶——

小小的我，把有著寬帽簷的帽子拉得低低的，盯著地板看。祖母對這樣的我伸出手。

『八重子，從今天開始，請多多指教嘍。』

聽了這句話，我才終於抬頭看她。現在回想起來，當時慢慢牽起我的那隻手好溫暖。

祖母帶我進入家中。格局和家具都跟現在一樣。唯一不同的，就是生活的痕跡。桌上放的茶杯、褪色的月曆、電話機旁的便條紙……在在顯示著祖母在這個家中的日常生活。

『哇！』

我發出驚訝的聲音。

『是榻榻米！』

用力深呼吸，雙眼閃閃發光。看到自己和長大後的我做出一樣的舉動，忍不住笑出來。

『榻榻米很稀奇嗎？』

『嗯！我只看過小塊的，沒看過這麼大的！』

『呵呵……這樣啊。』

我說「這麼大」的時候，張開雙手示意範圍。大概想表達自己是第一次看到鋪了整片榻榻米的起居室吧。也不知是否理解我的意思，祖母只是笑咪咪地看著我，好像很高興。

是個還有點冷的春日。這是——第一次見到祖母那天的記憶。

『哎呀，怎麼啦？』

近乎吵鬧的蟬聲在屋內迴響，穿著短袖短褲的我懶洋洋地趴在桌上。看來，季節已經來到夏天。

『好無聊……』

大型電扇忙不迭地擺頭，桌上有我塗鴉到一半的素描本及削到剩半支的彩色鉛筆。看來是畫畫也畫膩了吧。

『怎麼辦好呢……對了。』

說著，祖母走進了廚房。再次回到客廳時，手上拿的正是田中柑仔店的彈珠汽水瓶。

『那是什麼？』

『呵呵，妳來看看呀。』

祖母看似不費吹灰之力地打開汽水蓋，拿出裡面的彈珠。原本以為是透明無色的彈珠，一拿出來就看出了顏色，我驚訝地睜大眼睛。

『是紅色的！』

『很漂亮吧？總共有七個顏色喔。』

祖母從口袋裡拿出另外幾顆透明的彈珠，和紅色的彈珠一起放在榻榻米上。

『妳看，可以像這樣玩彈珠喔。』

說著，她用手指朝紅色彈珠一彈。一陣喀啦喀啦的聲音，滾動的彈珠將另外一顆撞到榻榻米的邊線外。

『彈出邊線了，所以這顆歸奶奶。』

『我也要玩——！』

第一次看到這種遊戲，我眼睛都亮了起來。就這樣兩人專心地玩了好一會兒的彈珠。不久，我像想起什麼似的問：

『不是有七個顏色嗎？其他顏色呢？』

確實，眼前除了紅色的彈珠，其他都是透明無色。

『其他顏色的奶奶這裡還沒有，下次找給妳喔。』

『嗯！』

年幼的我表達了天真無邪的開心。沒錯，都是因為我這麼要求，祖母才開始蒐集各色彈珠。

她高興地瞇細了眼睛看我。

二紫名那句『君江應該很開心吧』，在我腦中迴盪。

窗外的樹木逐漸掉光了葉子。除了吹起落葉的冷風外，雨點也開始打上窗戶。小小的我躺在客廳裡，看著窗外的景色，感受著即將結束的秋天。

『身體覺得怎麼樣？還在發燒嗎？』

身旁的祖母這麼說著，把手放上我的額頭。剛洗完東西的祖母手冰冰涼涼的，很舒服。

『還在燒呢……都是因為昨天在雨中玩耍的關係。』

『……奶奶，我可能快不行了……說不定會死掉……』

我臉頰泛紅，眼睛溼潤，一看就知道發著高燒。

『別說傻話了，有奶奶在，沒事的。』

祖母緊握住我在朦朧意識中伸出的手。

『今天煮蛋稀飯給妳吃喔，等一下還有蘋果泥。』

『嗯……我喜歡……蛋稀飯……』

『吃晚飯前就這樣握著奶奶的手，放心睡一下吧。』

隨後，我緩緩閉上眼睛。一如祖母所說，她沒有片刻放開我。

沒錯，經常只要我一感冒，祖母就會煮蛋稀飯給我吃。她的蛋稀飯高湯滋味濃厚，不管多沒食慾，只要有這個，我就能吃光光。

和祖母的種種回憶復甦腦海。

教學觀摩的日子，穿和服來的家長好像只有她。穿和服的祖母姿態高雅又帥氣，是我的驕傲。

對了對了，我們還常常在這條路上散步。牽著手散步。那邊有蒲公英，開花時經常棉絮飛揚。

祖母做的料理，其實都是我不太敢吃的菜，不是燉蔬菜就是煮魚。啊、可是，即使是再小的魚，她也會為了我把刺全部挑掉。

上學時，祖母總會目送我出門，直到看不見身影為止。每次回頭，她都還站在那裡揮手。這讓我很高興，一而再、再而三地回頭。

春夏秋冬，任何一天，任何時候，祖母都是我的後盾。

有時像朋友，有時像媽媽，有時又像老師，陪伴在我身邊。不管我說什麼，她都會聽我說，給我很多的建議。

這是多麼、多麼偉大的事。

而我竟然做了那麼愚蠢的行為。

和祖母共度的時光如此濃烈，我卻完全忘記了，連祖母也想不起來。直到過世都沒有打過一通電話給她，聽到她生病時也毫無感覺。

還有……——還有，得知祖母過世時，我居然還在心裡叨唸「怎麼偏偏挑這種時候」。

我真的是……我真的是……

記憶之光緩緩減弱，下一個浮現的，一定就是最後的回憶了。我有預感。

走在一條微暗的路上，比剛才又長大了一點的我，右手牽著祖母的左手。

這天是特別的日子。身上穿的白底粉紅櫻花圖案浴衣說明了這一點。

是的，這就是——夏日祭典那天的記憶。

路上幾乎沒有街燈，所以必須依靠祖母牽著我。不過，隨著神社愈來愈接近，也就沒這個必要了。設置在神社前石階旁的燈籠，照亮了年幼的我與祖母。

『千萬不能放開手喔。』

啊……這句話——

當熟悉的這句話從祖母口中說出時，我心頭一驚。

『為什麼？』

『因為啊，神明會偷走八重子的記憶。』

『什麼啊？為什麼要偷？』

『因為神明很怕寂寞。』

『……什麼意思啊？我不太懂。』

是的，那時我還以為這只是騙小孩的故事。心想，我已經不是小小孩了，不用硬編這種故事來牽住我吧。

祖母與年幼的我並肩走上石階。現在的我跟在後方，關注她們的動向。

鳥居映入眼簾時，心跳猛地加速。就是這裡了，穿過這裡時，我的記憶被偷走。

要親眼目睹這一瞬間，還是令人有點害怕。不過，非看著不可。用自己的眼睛，好好看清楚。

『小八！這邊這邊！』

是小町的聲音。擁擠的人群中，看得到小町和昴的頭頂。

就在下一瞬間——

啊……不行……！

我才剛這麼想，年幼的我就甩開祖母的手往前跑了。

『八重子……！』

祖母伸長了手，卻沒能抓住我，徒然掠過半空。接著，祖母頹喪地蹲下去。

我竟然……我竟然讓祖母露出這麼悲痛的表情。這個事實像尖銳的荊棘，刺痛我的心。

『呀啊！』

聽到驚呼的聲音，急忙朝年幼的我望去。只見她正要穿過鳥居。只是不知為何，突然蹲了下去。

祖母慢慢靠近我，腳步卻很沉重。小町和昴比祖母更快奔向了我。

『小八，妳沒事吧？』

『還好嗎？怎麼了？』

聽著兩人擔心的聲音，我搖搖擺擺地站起來，這麼說：

『……抱歉，我頭好像有點暈……？』

對了，這裡的事我還記得。那時的我，不知道自己為什麼會來舉行夏日祭典的神社。眼前一切模模糊糊的，就像一場夢，連小町和昴都記得不是很清楚。但我也只是心想「算了」，不怎麼介意。

這時祖母的表情，既像在生氣又像在哭。所以，後來我才一直誤以為祖母很凶很可怕。可是——

我和小町及昴一起往前走之後，祖母始終在背後守護我。現在的我站在原地，緊咬著嘴唇，眼看四人的身影消失在擁擠人群中。

祖母根本不凶不可怕，她是那麼地……那麼地溫柔。
「奶奶……！」
回過神時，我已經喊出口。明明就看不到祖母的身影了，卻仍情不自禁呼喊她。
心裡好難受。為什麼那時我要放開手呢？為什麼不更認真點聽祖母說的話呢？
無論多苦惱，已經發生的事和產生的後悔，都不會消失。
眼前的景色，開始逐漸被白光吞蝕，慢慢消失……結束了。
『後悔是很高尚的情操。』
『只要從現在開始就好。』
隱約聽見二紫名這麼說的聲音。
是啊，沒錯。我還什麼都沒能告訴祖母。我想告訴她，就算只是自我滿足也沒關係。我想親口向祖母說聲「對不起」。
好想見祖母——
「等等……等等……別走啊……」
我朝被光芒包圍，變得愈來愈小的記憶伸出手。拜託，請讓我見到祖母。

拜託、拜託……內心不斷如此反覆之際，我失去了意識。

＊＊＊

睜開眼時，出現在視野裡的是祖母家中，我房間的天花板。仍不清醒的腦袋恍惚地想「我剛才在幹嘛？」

沒記錯的話，我站在外側觀看了許多回憶。那麼，現在看到的也是其中一個回憶嗎？我坐起來，環顧四周。

可是不知道為什麼，映入眼中的景色不太對勁，整個房間裡也沒有別人。如果現在看到的是往日的記憶，應該會出現小時候的我，和其他人一起做著什麼事才對。

這麼說來，這或許不是往日記憶。難道是從記憶之路回來之後，有人將我帶回房間了嗎？

即使如此還是有點奇怪。我剛才躺的是鋪在地上的墊被，沒看到平常使用的那張床。

唯一確定的是，這和先前看到的回憶狀況不同。四下太安靜，只聽見自己的心跳聲。

總之，繼續待在這裡也不是辦法，得去找找看有沒有其他人。

我下定決心起身，走出房間下了樓。在木板被我踩出的嘎吱聲中豎起耳朵仔細聽，還是聽不見任何人說話的聲音。

——果然有點奇怪。這裡真的沒其他人了嗎？

輕輕地把手放在客廳的門把上，嚥下一口唾沫，用力拉開門。

剎那間，映入眼簾的是窗外燃燒般的夕陽，以及坐在窗邊眺望夕陽的背影。

我對這微駝的嬌小背影並不陌生。是祖母——

除了祖母之外沒有別人了。我戰戰兢兢靠近。真奇怪，剛才只能隔著一定距離觀看往日的記憶，現在卻能靠得這麼近。

正當我這麼想時，祖母緩緩回過頭來。

看到**我**，祖母似乎露出了微笑。

——她看得到我？怎麼會？

不知如何是好，我站在原地，祖母靜靜開口。

「妳長大了呢，八重子。」

這毫無疑問是對**我**說的話。不是過去的我，這句話是對現在的我說的。期待成為了現實，我還有些難以置信，但祖母確實看著**我**。現在的我。

「……奶奶……」

不知不覺，我已朝她飛奔。原本以為這個願望不可能實現，不可能真的見到祖母。沒想到，終於見到了，終於見到您了。

想說的話太多了。可是，我只能不斷流淚，發出嗚咽的聲音。

「啊……啊……嗚……」

窩囊也沒關係，即使已經十六歲了，我也顧不了那麼多。我撲向祖母纖細瘦弱的大腿。

「奶奶……對不起……對不起……！」

我能碰觸到祖母，祖母的手也溫柔撫摸著我的頭。早已遺忘的觸感與氣味，像這樣一見到她就全部回想起來了。像是放了和服的舊櫥櫃裡的氣味，這就是祖母的氣味。

不斷湧出的淚水，沾溼了祖母的大腿。

「奶奶……我……要是我那時能好好聽您說的話……要是我沒放開手……您就不會忘記……不會忘記柑仔店的阿嬤和阿哲了……全怪我不好……都是我害您失去重要的人事物……對不起……」

支離破碎的話語，自己也不知道自己在說什麼了。可是，我一心只想把這份心情傳達給祖母。

「還有……我自己也完全忘了您……您對我那麼好，我卻這樣……我完全不知道奶奶當年懷抱怎樣的心情……也從沒想過要去理解……至今一直沒聯絡您……沒來探望您……您一定很寂寞、很難過吧？對不起、奶奶……忘了奶奶的事，我真的很抱歉……對不起……」

我一再反覆「對不起」，說再多次也不夠。說再多次也不足以獲得原諒，這點我自己最清楚。但是，我的內心充滿了歉意，擅自化為那些不斷脫口而出的「對不起」。

「——八重子，八重子。」

聽見祖母喊我的聲音，我抬起頭，與祖母溫柔的視線相接。啊、是啊，祖母總是用這麼溫柔的眼神守護我。

「聽我說，奶奶最喜歡八重子了喔。」

祖母呵呵一笑，伸手抹去我臉頰上的淚水。

「最喜歡的意思就是，只要為了八重子，我什麼都願意做。」

明白嗎？這麼說著，祖母湊上來看我的臉，眼角的皺紋更深了。

「奶奶啊，很慶幸八重子出現在我的生命中喔，真的。所以，我從來不後悔那些為八重子做過的事。八重子一點也不需要抱歉。八重子，謝謝妳生下來，謝謝妳來到奶奶身邊，謝謝妳……奶奶最愛妳了。」

說完，她緊緊握住我的雙手。

「哎呀，妳的手怎麼這麼冰，奶奶幫妳暖暖手。」

這是祖母的口頭禪。一股暖意從手中傳來，包容了整個我。

我終於察覺，該說的不是「對不起」。哭得一把鼻涕一把眼淚，我對祖母說：

「謝謝奶奶……我也最愛您了——」

外頭天色已經完全暗下，白天看得見的景色，現在全都隱藏在黑暗中。

「天黑了呢，睡覺時間到了嗎？」

「呵呵，今天是特別的日子，還沒有要睡喔。」

我和祖母相互依偎，看著天上朦朧的月亮。

在這裡的祖母，或許不是真正的祖母。因為真正的祖母已經在天上了啊。這是我記憶中的，**當初那時**的祖母。換句話說，我或許只是在做一個自己想做的美夢。

不過，這樣也無妨。只要能夠像這樣見到祖母就好。

「我啊，有好多好多話想跟奶奶說。」

「想說什麼呢？告訴奶奶呀。」

於是，我說了好多好多。在城市裡生活時的事，父親突然說要搬回鄉下住的事，一開始住在這裡時感到困惑的事，還有——遇見二紫名的事。

祖母一邊點頭，一邊聽我說完了所有的事。

「原來妳認識了那隻小狐狸啊，八重子經歷了一場精采的冒險呢。」

「也沒有多精采啦。」

苦笑著這麼回答，忽然有些好奇。這麼說起來，祖母和二紫名及緣大人又是什麼關係呢？從緣大人提到祖母時的語氣，她似乎並不只是供奉供品的信徒，似乎和他們建立了更深的關係……

「奶奶，我問妳喔，奶奶為什麼要供奉那些東西給緣大人啊？」

「供奉？喔，妳是說那些東西啊。」

祖母嘻嘻一笑，向我娓娓道來。

原來，緣大人和祖母是「朋友」。

當年我還沒來這裡住之前，祖母就已經常造訪神社，陪緣大人聊天了。雖然只是聊些平凡無奇的小事，緣大人說那樣也沒關係。

聊到與我、父親和祖父之間的回憶時，祖母帶了那幾樣東西給緣大人看。那時，緣大人好像跟祖母「借」了那些東西。也就是說，緣大人「有借沒還」。

到最後我還是沒搞懂為何祖母的東西會蘊含神祕的力量，只覺得真是被找了個大麻煩。不過，也多虧有那幾樣東西，現在我才能像這樣和祖母見面……心情有點複雜。

「雖然發生了很多事，能像這樣再次見到八重子，還是得感謝緣大人才行呢。」

感謝——我不太能接受這個詞彙，不過算了，畢竟祖母看起來很開心。

「對了，緣大人要我跟奶奶說謝謝，也是因為這件事吧？」

「那妳也幫我跟祂說，改天要把借去的東西還給我喔。」

我和祖母相視而笑，像回到從前。

快樂的時光轉瞬即逝。說了好一會兒的話之後，祖母忽然一臉落寞，喃喃低語：

「八重子，妳差不多該回去了……」

聞言，我心頭一顫。

不要、不要。還有好多話想說啊，還說得不夠，一點也不夠。我還想跟祖母在一起久一點。

看我悶不吭聲，祖母溫柔地說：

「……妳看，人家來接妳了喔。」

來接我——？

往窗外一看，景色變得扭曲，站在中間的是剛才一直沒看到的二紫名。

「——重子、八重子，準備回去嘍。」

我這才想起緣大人的提醒。他似乎說過『不能在那裡待太久』『否則會回不來』。可是——

我朝祖母投以一瞥。要是現在回去，就真的再也見不到她了。好不容易……好不容易想起祖母，還終於像這樣見面了啊。

「奶奶、我——」

「八重子。」

祖母打斷我的話，眼中沒有一絲猶豫，直視著我。

「八重子，奶奶會一直守護著妳……在這裡。」

說著，她輕拍我的胸口。

「想奶奶的時候就閉上眼睛。現在妳已經可以回想起來了吧？所以，這不是離別。今後我們永遠都會在一起，沒事的。」

永遠都會……在一起——

「八重子，大家都在等妳。我們回去吧，回到大家身邊。」

二紫名說。

朋友們、妖怪們、商店街的人們，還有爸爸媽媽——大家、大家都在等我。是啊，這裡不是我應該待的地方。

——……回去吧，回到原本的世界。

「奶奶，那我……我回去嘍。」

祖母像是已無遺憾，點點頭，又再度輕輕撫摸我的頭。

我牽起二紫名的手。「這次不要再走散嘍」，他這麼說著，咧嘴一笑，握著我的手更加用力。

我不知道怎麼回去，不過，一像這樣牽起二紫名的手，自然就散發了光。光從腳下慢慢湧現，將我們包圍。

「奶奶……」

我將眼前的光景與祖母的身影烙印眼底。這次絕對不會再忘記了。

「話說回來，我們八重子真是漂亮。」

祖母高興地瞇細了眼睛，感嘆地說。這是祖母對我說的最後一句話。

我想起阿哲之前說的話，呵呵一笑，對祖母說：

「——因為我長得很像您啊，奶奶。」

＊　＊　＊

「——姐姐！小八姐姐！」

「喂……喂，八重子！」

耳邊傳來呼喚的聲音。這聲音是——

赫然睜開眼，看見一臉擔心，低頭注視我的黑羽、小青和小綠。

「醒來了！」

「醒來了！」

「喂、喂，妳沒事吧？忽然倒在這種地方，嚇死我們了啦。」

倒在這裡——？

感覺到背部壓在堅硬的石板路上。對了，我在穿過鳥居後，就這麼昏倒了。

「我跟妳說喔，小八姐姐，黑羽他哭了喔——」

「哭了喔——」

「囉、囉唆！不要一搭一唱啦！」

「……呵、呵呵。」

「咦？小八姐姐，妳在哭嗎？」

「在哭嗎？」

在那吵吵鬧鬧擠在一起的腦袋縫隙間，看得見天上閃爍的星星。我現在只想好好欣賞一下這片星空。

奶奶，我沒問題的。有奶奶守護著我，我不會再感到寂寞了喔。

＊＊＊

就這樣，我的冒險落幕了。至於那之後嘛——

「小八！怎麼辦！還剩不到一星期就要考試了！」

「別提這件事啊，小町。」

那天之後又過了幾星期，很快來到五月中旬。忙亂之中，我居然忘了期中考即將來臨的事。問我準備了嗎？當然沒有啊。

「我說妳們兩個，準備考試不是臨時抱佛腳，要靠平日的累積啊。」

您說得對，昴老師。

「只能從現在開始加油了……」

「沒問題的啦，小八。我會教妳。」

昴對唉聲嘆氣的我溫柔微笑。

在初夏新葉的盎然綠意中，我們踏上回家的路。聊些無關緊要的小事，一如往常吱吱喳喳說個不停。

「昴，你不教我嗎？」

小町發出不滿的抗議。那雙依然塗滿睫毛膏的眼睛眨了又眨。最近她烹飪的手藝似乎愈來愈高超，經常煮好吃的東西給我們吃。

「因為小町每次都學到一半就放棄了啊。」

昴今天也好可愛。不過，最近他好像愈來愈有男子氣概了。是不是因為長高了的關係啊？

「哎呀，你們又湊在一起啦，感情真好！」

不知不覺走入商店街，川嶋太太一看到我們就這麼高喊。真是位活力十足的阿姨。

「大聲嚷嚷什麼……喔！是八重子，偶爾也過來玩玩啊。」

柑仔店的田中阿嬤從店裡探出頭，看到她還這麼硬朗就放心了。下次得來買彈珠汽水才行。

「什麼事什麼事？八重子，妳今天帶可愛的辣美眉來啊？」

這時，阿哲瀟灑現身，開始跟小町搭訕。真是一點都不能掉以輕心。

商店街也太熱鬧了吧，人擠人了好一會兒，終於抵達出口時，已經快要累死了。不過，即使這樣還是很開心。真的很開心。

昴被川嶋太太攔住，小町被阿哲纏著不放，只有我一個人走出商店街。

朋友和商店街的人們為我的生活增添了繽紛的色彩。是我的寶物。

還有——

看著前方，我停下腳步。

到了。神社前的老位置，他就在那裡。一看到我便咧嘴笑著揮手。

「妳那什麼怪表情，吃壞肚子了嗎？」

「…………」

這隻狐狸還是這麼沒禮貌。

到最後，儘管冒險已經結束，和他還是保持著往來。二紫名跟平常一樣愛開玩笑捉弄我，我也愈來愈能接受這個模式了。

我們之間的一切，什麼都沒變。

「大家都在等妳喔，尤其是緣大人，一直在吵著問妳怎麼不快點來。」

「啊、對了！我跟緣大人約好了，要給他看這個。」

說著，我從書包裡拿出的是一本繪本。在祖母家沉眠許久的《白鶴報恩》。一聽我說「簡直就像在說二紫名」，他就露出疑惑的表情。

「……要記得叫祂還妳喔。」

「嘿嘿嘿。」

現在，我開始代替祖母陪緣大人聊天了。緣分就這樣傳遞下去，永遠不滅。

「八重子。」

二紫名一臉嚴肅地喊我，伸出手輕撫我的臉頰。

上次也有過這種感覺。大概又要說什麼葉子黏在臉上之類的話尋我開心吧。明知如此，他突然這樣對我，還是忍不住臉紅心跳。

不知不覺，他的雙眸近在眼前。啊、二紫名的眼睛真的很美。那像天空又像大海的群青色，總是深深吸引著我。

還差幾公分，嘴唇就要相碰了。就在這時——

「小八姐姐！」

「小八姐姐！」

「八重子，妳有夠慢！」

石階上傳來吵吵鬧鬧的聲音。抬頭一看，小青小綠和黑羽正對我招手。二紫名嘆口氣，對我溫柔一笑：

「走吧。」

「嗯！」

追著二紫名跑上石階，忽然覺得有人在叫我。回頭一看，那裡沒有任何人。只有五月清爽的微風吹過身邊。

奶奶——

奶奶，今後我會好好珍惜您送給我的「美好緣分」。

終

「二紫名，你在幹嘛？」

「——在幹嘛？」

男人自己坐在神社前石階上，抬頭看著天空發呆。綁成馬尾的白髮隨風飄揚。

「……我在想事情。」

「喔！原來你很閒！」

「——很閒！」

「我在忙著想事情啦。」

兩個可愛的小女孩繞著男人團團打轉，一副很希望男人陪她們玩的樣子。男人咧嘴一笑，像是想到了什麼好主意。

「黑羽說想跟妳們玩喔。」

「欸？小黑嗎？」

「來玩來玩！」

女孩們這麼說著，又歡快地跑進神社裡去了。

重拾安靜的男人鬆了口氣，從和服袖兜裡拿出一樣東西。

那是個小盒子，大小和戒指盒差不多。男人盯著小盒子看。

「八重子似乎沒發現這個被我拿走了……」

這是裝著某個少女記憶的盒子。男人想起了幾年前那個炎熱的夏日。

＊＊＊

那是個熱得人渾身倦怠的日子。

少年獨自踩著踉蹌的腳步，走在鄉間道路上。柏油路上蒸騰的熱氣，令少年昏昏欲睡。

「好熱……水……水……我要……加油……」

即使熱得快暈過去，少年仍拚命鼓舞自己。

因為今天的任務不能失敗。這天，是少年執行任務的第一天。來這個鎮上的神社修行已經三年，第一次被指派的任務，就是去探望感冒的上任宮司。宮司已經退休，在鎮郊的老家過著隱居生活。

這點小事一點也不難。儘管說是鎮郊，這個小鎮並不大，鎮郊也不遠。「快去快回吧」，這麼說著出門之後，已經一小時了，少年還在路上徘徊。

打從來到這個小鎮，少年就一次也沒離開過神社。這天是第一次出來。或許因為這樣，再加上天氣熱得人頭暈腦脹，他一直在同一條路上來來回回。

「嗚嗚……討厭……我想回去了……」

雖然緣大人有交代，要他不能哭哭啼啼，已經說出口的話也沒法收回去了。

「……嗚嗚……嗚嗚……」

淚水沿著少年臉頰滑落，濡溼了他淺紫色的和服。不能再這樣浪費身體裡的水分了。明知如此，愈這麼想愈覺得自己沒用，再次哭了起來。

這時，因淚水而模糊的視野角落，一個少女正朝這邊走來。少年一陣難為情，拚命抹去眼淚。

少女穿著格子洋裝，戴著草帽。這身打扮看起來很涼爽，令少年心生羨慕。走近一看才發現，少女年紀似乎還比少年小幾歲。

少年努力不和少女對上視線。因為緣大人說「別跟人類扯上不必要的關係」。他別過頭，等待少女從身邊走過。

然而，不可思議的是，少女逕直走到少年身邊就不動了。

少年小心翼翼地朝少女望去，只見一雙亮晶晶的大眼盯著自己的頭。接著，少女小聲說：

「狗狗……」

少年心頭一驚，伸手往自己頭上摸。……啊、長出來了，那對狐狸耳朵。

大概因為天氣太熱，耗費了體力，靈力也減弱了吧。再加上少年還未發育成熟，無法完美變身成人類。

怎麼辦，被人類看見了。少年一陣心急，緣大人從沒教過自己這種時候該如何應對。

「噯、你是狗狗吧？」

少女又這麼追問。

「我、我才不是狗！」

無論如何，只有這點不能妥協。

「嗯唔？」

少女依然盯著少年頭上看。過了一會兒，視線才往下移動，又驚呼了一聲「啊」。

「小狗狗，你該不會迷路了吧？」

「為什……！」

原本想問為什麼妳會知道，最後還是沒問。因為少年看見自己手上捏得皺皺的地圖。

「還有，你該不會哭了吧？」

「誰、誰、誰哭了啊！」

「可是你的臉上還有眼淚啊。」

「…………！」

少年不假思索抓起袖子擦臉。被比自己年紀小的女生看穿哭過的事，實在太丟臉了。

「別哭了，小狗狗。我奶奶說，天氣熱的時候，要隨身攜帶水壺。」

說著，少女從後背包裡拿出小小的水壺，把茶水倒入杯中，遞給少年。

「這、這要給我喝嗎……？」

「嗯，給你喝啊。不然『中暑』就糟了喔。」

雖然不知道什麼是「中暑」，少年早就渴得快受不了，立刻一口氣喝下那杯茶。

「……哇，終於復活了。」

少年這句話，令少女露出微笑。

「那麼，你要去哪呢？」

少女拿走少年手中的地圖，問他要去哪裡。看來，她是願意幫忙帶路。

「唔……」

依賴對方到這地步好嗎？她是人類，比自己年幼，還是個女生。雖然這麼想，看到少女太陽般的笑容，少年漸漸開始覺得那都無所謂了。

「其實……」

少年決定拋開自己微不足道的自尊。

「……謝、謝謝妳啊，幫了我這麼多忙。」

「沒什麼啦，這樣你就不會迷路嘍，小狗狗。」

「就、就跟妳說我不是狗了……咦？」

少女拿下頭上的草帽，往少年頭上戴。這舉動太突然了，少年陷入混亂。

「這樣就不會被人發現你是狗狗了！再見嘍！」

說完，少女轉過身。她要走了，下次什麼時候能再見面也不知道。不、或許再也見不到她了。一股難以言喻的情感驅動了少年。

「喂、喂！」

聲音大得連自己都嚇到。少女轉過頭來，少年開口說：

「妳……妳叫什麼名字？」

「我叫八重子喔。」

「八重子……妳很有膽量，見到妖怪也不驚訝，還好心幫我這麼多。妖怪會報恩，所以……所以，我可以娶妳做老婆。」

『娶妳做老婆』是什麼意思，其實少年也不是很懂。只是曾聽大人說過，能成為緣大人徒弟的「老婆」，是一件很光榮的事。

少女愣愣地半張著嘴，過了一會兒，又輕輕笑著說：

「嗯，好喔，我就當你老婆。」

「欸……真的嗎？」

沒想到她會當場答應，少年有點吃驚。

「可以啊，約好了喔。」

就這樣，兩人勾了小指頭。

只有燃燒般的太陽，為兩人見證了這一幕。

＊＊＊

「二紫名——！」

「名——！」

聽到聲音赫然回頭，衝上石階的是剛才那兩個小女孩。自己在這發了多久呆啦？男人心想。

「緣大人在叫你喔！」

「——叫你喔！」

「……這就去。」

既然是緣大人的召喚，那就非去不可了。男人不情願地起身。

將小盒子再次收回袖兜。才不要交給八重子呢，男人吃吃竊笑。

「靠自己回想起來吧，笨蛋。」

後記

大家好。非常感謝您購讀這本《失憶少女：狐狸大人與殘存記憶》。

作者簡介中也有提到，這部作品中摻雜了我對祖母的思念，對我而言也是意義特別深遠的作品。祖母過世已經十幾年，沒能對她說「謝謝」與「對不起」的遺憾，至今仍留在心中。也曾想過，如果能像八重子那樣和祖母見面有多好。書中角色二紫名對八重子說的「後悔是很高尚的情操」、「只要從現在開始就好」，其實也是我自己希望能聽到的話。

能將這麼特別的作品獻給讀者，我內心充滿難以言喻的欣喜。

說到能登這個地方，八重子剛搬來時雖然相當不滿，我可是非常喜歡這裡。悠閒的街景，壯闊的自然，美味的食物，善良純樸的人們……不管什麼時候去，都會萌生「下次好想再來」的心情，真的是個很棒的地方。尤其作品中也有登場的「戀路海岸」「見附島」，真的就像一艘逼近的軍艦，震撼力十足。如果各位有機會造訪能登，請一定要去看看。

另外，本書能夠順利發行，仰賴了許多人的盡心盡力。

首先，要感謝總是溫柔對待沒有自信的我，給我很多意見的編輯佐藤先生。疫情中很難當面討論工作，多虧您經常與我聯絡，讓我能夠安心寫作。也非常感謝您在眾多作品中挖掘了這部作品，正如書中的八重子所說，感謝這美好的緣分。

負責封面插畫的紅木春老師，非常感謝您可愛又充滿妖魅氛圍的美麗插畫。初次看見這幅畫時的感動，想必此生都不會忘記。

此外，所有這本書的相關工作人員，拜各位之賜，這本書才得以成形，非常感謝大家。

向來鼓勵我、支持我的家人，我能努力到今天，都是你們的功勞。謝謝你們一直以來的後援。

奶奶，得知這個故事能夠出書時，我最想告訴的人就是您。您一定會為我感到開心吧。我永遠都愛您。

最後，我由衷感謝所有閱讀了這本書的各位，希望您從頭到尾都閱讀愉快，期待還有機會在其他作品裡相見。

二〇二〇年九月　汐月詩

國家圖書館出版品預行編目(CIP)資料

失憶少女：狐狸大人與殘存記憶/汐月詩作；邱香凝譯. -- 初版. -- 臺北市：春天出版國際文化有限公司, 2024.07
面； 公分. -- (楽；16)
譯自：妖しいご縁がありまして お狐さまと記憶の欠片
ISBN 978-957-741-850-0(平裝)

861.59 113004971

 16

失憶少女：狐狸大人與殘存記憶

妖しいご縁がありまして お狐さまと記憶の欠片

作　　者　汐月詩
封面插畫　紅木春
譯　　者　邱香凝
總 編 輯　莊宜勳
主　　編　鍾靈
出 版 者　春天出版國際文化有限公司
地　　址　台北市大安區忠孝東路四段303號4樓之1
電　　話　02-7733-4070
傳　　真　02-7733-4069
E－mail　frank.spring@msa.hinet.net
網　　址　http://www.bookspring.com.tw
部 落 格　http://blog.pixnet.net/bookspring
郵政帳號　19705538
戶　　名　春天出版國際文化有限公司
法律顧問　蕭顯忠律師事務所
出版日期　二〇二四年七月初版
定　　價　399元

總 經 銷　楨德圖書事業有限公司
地　　址　新北市新店區寶興路45巷6弄6號5樓
電　　話　02-8919-3186
傳　　真　02-8914-5524
香港總代理　一代匯集
地　　址　九龍旺角塘尾道64號 龍駒企業大廈10 B&D室
電　　話　852-2783-8102
傳　　真　852-2396-0050

ISBN 978-957-741-850-0
Printed in Taiwan